मुच्छ नहीं तो कुच्छ नहीं

(व्यंग्य संग्रह)

रामानुज 'अनुज'

PG PUBLICATION

दिल्ली-110089, (भारत)

संस्करण : 2020
ISBN : 978-93-899840-6-4

प्रखर गूँज पब्लिकेशन
एच-3/2, सेक्टर-18, रोहिणी, दिल्ली-110089
दूरभाष : 7982710571, 7838505899, 011-27851059

प्रथम संस्करण : 2020

शब्द संयोजन : दुर्गाप्रसाद

आवरण : दुर्गाप्रसाद

मुच्छ नहीं तो कुच्छ नहीं (व्यंग्य संग्रह)
By Ramanuj 'Anuj'

Published by
PRAKHAR GOONJ PUBLICATION
Delhi-110089
E-mail : prakhargoonj@gmail.com
       sinha.neelu123@gmail.com
       011-27851059, 7982710571, 7838505899

समर्पण

यह संग्रह समर्पित है, उन मनहूसों को जो हँसना भूल गये हैं या जिनकी हँसी छीन ली गई है। मेरी इच्छा है, सब हँसें-जोर लगाकर हँसें, ताली पीठकर हँसें-हँसते-हुये गिर पड़ें, होश खो दें। क्योंकि हँसी ही वह टॉनिक है, जो बिना पैसे का हर जगह मिलता है। हँसी आयेगी तो खुशी भागी आयेगी। डॉक्टर कहते हैं, हँसने से हाज़मा ठीक रहता है, दिल और दिमाग तंदुरुस्त होता है।

हँसते समय थोड़ी सावधानी की जरूरत है। किसी और पर हँसना गैर कानूनी काम है, सेहत के लिहाज़ से भी ठीक नही है। इसलिये आपको किसी और पर नहीं स्वयं पर हँसना है-सामने दर्पण में अपना चेहरा देखकर हँसना है-अपने दगाबाज मुक़द्दर पर हँसना है-जिंदगी के बेकार फ़लसफ़े के भूखे पेट पर लात मारकर हँसना है। झुक गई कमर को तानकर हँसना है।

बस्स इतना ख़्याल रहे-'मुच्छ उठी रहे।'

"जय हिंद"

बक़वास

यूँ तो बात-बात पर बात छिपी होती है। संसार की हर चीज में कोई न कोई कथा-कहानी रहती है, जो बोलने, हँसने और इशारे से कही-सुनी-देखी जा सकती है। सबका आकार-प्रकार स्वरूप, अलग-अलग हो सकता है। किसी में सींग और पूँछ दोनों होगी। कोई बिना सींग और पूँछ की होगी। लेकिन असली तत्व सबमें एक ही होगा-वह है, उसकी भीतरी परत में छिपा तत्व। उसका जो भी मन में आये नाम दे सकते हैं-किस्सा-कहानी या इन दोनों पर हँसने-हंसाने का मुलम्मा चढ़ाने वाला व्यंग्य। बस जरूरत है उस परत को पैने नाखूनों से खुरच कर हटाने की। परत हटते ही सब कुछ साफ-साफ दिख जायेगा।

मेरी सोच कुछ अलग है, कोई बात बिना लाग-लपेट की कहने की आदत है। बेकार में कीमती पालिश किया हुआ अपना नाखून कोई क्यों खराब करे? बात बे-परदे की होनी चाहिए, ताकि हर आम-ओ-ख़ास सुनकर समझ सके।

आज आदमी मनोरंजन चाहता है। किस्सा कहानी में भी मनोरंजन। वह ऐसी कहानी से दूरी बनाए चलता है जो उसे परेशान करे, रातों की नींद उड़ा दे, दिल और दिमाक की वर्जिस करा दे। कुछ मुझे भी कहानियाँ मिली हैं, जिन्हें मैंने कागज में उतारने की कोशिश की है। लेकिन ये पूरी नहीं हैं। इनके आगे भी बहुत सारी कहानियाँ होंगी जो अभी शुरू ही नहीं हुई। मेरा मकसद किसी को जगाना-उठाना या बैठाना नहीं है। जो जैसा है, बड़े आराम से होगा, यह मानकर चलने से कहानी अच्छी बनती है। आज प्रगतिशीलता का दौर जोर पकड़े है, साहित्य भी उसी दिशा में चल पड़ा है, जिधर नग्नता है, अश्लीलता है, आज के लेखकों की सोच भी यही है-साहित्य में जितना भी अमर्यादित हो सके, भरो, दबंग लेखक, बोल्ड लेखक कहलाओगे। इन सबका असर समाज पर क्या जाएगा? इसकी रत्ती भर फिक्र नहीं। कमोवेश ऐसी ही थीम पर आज फिल्में भी बनाई जा रही हैं।

मुझसे यह नहीं हो सकेगा। जो साहित्य मुश्किल के दिनों में जीने का रास्ता न बताये, दुःख से हिलती चूलों पर शुक्कूँ की फूंक न मारे, वह साहित्य के नाम पर कोरा बकवास है, फूहड़ मज़ाक है।

मै ठहरा गाँव देहात की मिट्टी से पला बढ़ा आदमी, इसलिये गाँव को ठीक से जानता हूँ। इसीलिये मेरी किस्सागोई "देहाती" टाइप की मुच्छ वाली है। उसका तर्क है 'मुच्छ नहीं तो कुच्छ नही'- उसे किसी ख़ास पैरहन की दरकार नहीं है, पैंट सर्ट न मिला तो चड्डी बनियाइन और तौलिया में काम चला लेगी। बिना जूता पहने हुये जूता वालों से मुच्छ उठाये मिल आएगी।

'जय जय'

आपका अपना

रामानुज 'अनुज'

Mob. : 9098208132

हरफनमौला लेखक रामानुज 'अनुज'
का व्यंग्य संग्रह 'मुच्छ नहीं तो कुच्छ नहीं' मेरी नज़र में

'मुच्छ नहीं तो कुच्छ नहीं' बहुआयामी लेखक श्री रामानुज अनुज द्वारा लिखा हुआ एक व्यंग्य संग्रह है। रामानुज जी एक जाने-माने कवि, ग़ज़लगो, उपन्यासकार तो थे ही, एक उत्तम व्यंग्यकार भी हैं और उनकी सक्षम कलम से निकला हुआ ये एक उत्तम व्यंग्य संग्रह है। जब मैंने इसे पढना शुरू किया तो मेरे सामने रामानुज जी की छवि एक गंभीर रचनाकार की थी जिनकी ग़ज़लें-कविताएँ और उपन्यास-कहानियाँ मैं पहले ही पढ़ चुका था लेकिन उनकी कलम से निकला हुआ यह व्यंग्य संग्रह मेरे लिए एक सुखद आश्चर्य है।

जैसे-जैसे मैं पढता गया, मैं उनके रंग में बरबस डूबता चला गया। पुस्तक का आरम्भ वे 'राम नाम सत्य है' जैसी रचना से करते हैं। यहीं से विरोधाभास देखिये, जो शब्द जीवन की समाप्ति के लिए आरक्षित होते हैं, उन्ही से आरम्भ होती है, यह पुस्तक. पहली रचना ही आपको बता जाती है कि लेखक आपको अपने चुटीले, कटीले और कुछ-कुछ ज़हरीले संवाद रुपी जगत में ले जाने वाला है। इस रचना में वर्णन है- एक शव यात्रा और उसमें शामिल लोगों की मानसिकता का और उनके मन की भावनाओं को यथावत रखते हुए 'राम नाम सत्य है' बोलते जाने का। इसमें लेखक एक सहज प्रश्न पूछता है-'अरे भाई राम-नाम सत्य है तो सत्य रहने दो ना-क्यों गला फाड़-फाड़ कर चिल्ला रहे हो?'

लेखक आगे लिखता है कि 'अब तो पिल्लई साहब की पिलई भी राम नाम सत्य भूंकती है, बच्चों के रोने में भी राम नाम सत्य ही सुनाई देता है और बिल्ली मौसी की म्याऊँ-म्याऊँ भी राम नाम सत्य जैसे लगने लगा है। कटीले व्यंग्य का कितना अद्भुत उदहारण है यह।

ऐसी ही २५ व्यंग्य रचनाएं इस पुस्तक में शामिल की गयी हैं। इनको पढ़ते समय बरबस आपके होंठों पर एक टेढ़ी मुस्कान आ ही जाती है तो कहीं-कहीं इनके किसी पात्र में आप अपनी झलक देख कर सकपका भी जाते हैं। और तो और, इन रचनाओं के नाम भी इतने अद्भुत हैं कि देखते ही

बनता है,

जरा बानगी तो देखिये-राम नाम सत्य है, भूत का लंगोट, नाक में सवार नदी, लोटा और मैं, साठ का पहाड़ा, मुच्छ नहीं तो कुच्छ नहीं, इत्यादि।

एक कथा में कनछेदी लाल शर्मा नामक पात्र का स्वयं का सामाजिक स्तर ऊँचा करने के लिए अपना नाम के. एल. शर्मा बताना समाज के अंग्रेजी प्रेम के खोखलेपन को उजागर कर देता है और किसी के पुराने नाम से बुलाने पर उसे आया हुआ गुस्सा तो ऐसे लगता है जैसे 'करेला और वो भी नीम चढ़ा'. तिलक समारोह के भोज को 'तिलकोत्सव का गिद्धभोज' कहना आमन्त्रणकर्ता और आमंत्रित दोनों की ही मानसिक अवस्था पर एक कटु प्रहार है। इसी कथा में लेखक बड़ी मासूमियत से एक बुनियादी सवाल खड़ा करता है-'कैसा समय पलटा खाया है कि आदमी के पास खाने के सिवाय और कोई काम ही नहीं बचा, किसी को किसी से बोलने-बतियाने की फुरसत ही नहीं है।"

एक अन्य कथा में पूछा गया एक मासूम प्रश्न-'कक्का, आपने किसी लंगोटी वाले भूत को देखा है?" खूब बन पड़ा है। इसी कथा में एक जगह लेखक कहता है, "सरकार ने दिमाग लगाया कि गांव के हर घर में सौचालय बनवा दें।' इसी का अगला संवाद गांव की वर्तमान स्थिति पर ज़बरदस्त व्यंग्य है-'अब कैसे कहें, इधर गांव में खेती बंद हो रही है। अब खाने की सोचो, सौचालय की ज़रुरत काहे की?'

मैंने अक्सर देखा है कि व्यंग्य कथाएं बहुत ही छोटी होती हैं. जब तक उनमें छुपा व्यंग्य आपको अपने कब्ज़े में लेने लगता है, कथा समाप्त हो जाती है। लेकिन रामानुज जी ने अपनी व्यंग्य-कथाओं को एक उचित लम्बाई देकर उनके साथ पूरा न्याय किया है। ये कथाएं पाठक के मन में व्यंग्य को रोपित करके उसे भरा-पूरा वृक्ष बना कर ही ख़त्म होती हैं, बल्कि उचित होगा ये कहना कि ख़त्म होने के बाद भी पाठक के मन में एक लम्बे समय तक जीवित रहती हैं। आजकल के साहित्य पर लेखक का एक बहुत की कटीला प्रहार है, कथा 'फुलबा' में-'अरी पगली! तेरी बिवाई फटी एड़ियों को उधर कौन घुसने देगा। तेरे पास ढंग के कपड़े तक नहीं हैं। ठण्ड से बचने के लिए एक फटे कम्बल के अलाबा और क्या है तेरे पास? पहनने के लिये एक फटी फ्रॉक है। सोच, क्या यही फ्रॉक पहनकर उन लोगो के पास जायेगी?' अभी ठंड के दिनों

में तेरी नाक बहती है। नाक सुड़कते हुये उन लोगों के बगल में कैसे छप सकती है। तुझे छापकर कोई अपनी मैगजीन गंदा नहीं करेगा। अपने ही पेट में कोई अपना लात नहीं मार सकता है। तेरा नाम तक उन लोगों की समझ में नही आयेगा। नॉटी गर्ल, ओनली मी, डेढ़ गज की इश्किंयां, सिली पॉइंट, लव बैक, हॉर्स टेल, गोल्डी, स्टोन प्रग्नेंसी, बीस चूतिये और हुशना आंटी जैसे नाम की कहानियां तुझे पास में बैठने देंगी।

आजकल झूठी और नकली कहानियों का बोलबाला है जो जींस और स्कर्ट पहने सड़क पर बेमतलब को घूमती मिल जायेंगी, क्या पता, कब किस पर थूंक दें और सॉरी बोल कर चली जायें। इन कहानियों ने सीधी-सच्ची कहानियों को गली चलना मुशिकल कर दिया है।'

आजकल के स्तर-विहीन साहित्य पर इससे बढ़िया व्यंग्य और क्या हो सकता है? इसी कथा में लेखक एक बहुत ही संवेदनशील प्रश्न करता है–'अगर किसी ने किसी रचना को बहुत इमानदारी से लिखा है तो वो उसके लिए उसकी संतान जैसी ही प्यारी होगी, तो क्या इस रचना से बातचीत नहीं की जा सकती? क्या उसको प्रकाशित करवाना ज़रूरी है?"

एक रिटायर हो रहे कर्मचारी की भावनाओं को लेखक इस तरह लिखता है– 'उसे लग रहा था जैसे उसके कपडे उतरवाकर घर से निकाल दिया गया हो।" इस व्यंग्य कि दुनिया में लेखक कहीं-कहीं किसी सनातन सत्य को खींच लाने में भी सफल हुआ है जैसे–'जब पुरुष का हौसला टूटता है तो नारी ही उसे विखरने से बचाती है, हाथ पकड़ कर घसीट लाती है, अँधेरे से रौशनी की तरफ।" एक और कथा 'सेठ जुगाडीलाल' का एक मासूम सा मगर इस युग का एक और कटु सत्य देखिये–'मुझे आज तक जुगाड़ समझ नहीं आया, इसीलिए मैं तरक्की नहीं कर पाया।' लेखक की वेदना इस बात से साफ़ उभर के आती है कि सिर्फ़ नेता, मंत्री और डॉक्टर आदि ही जुगाड़ से नहीं बनते बल्कि आजकल तो कवि और लेखक भी जुगाड़ से ही बनते हैं।

लेखक व्यंग्य के साथ-साथ सहज हास्य को भी परोसता चलता है। जैसे एक कथा में गाँव में मिट्टी के तेल की भारी किल्लत को लेखक ऐसे दिखाता है–'अँधेरे में घर की बहुएं रोटी तो जैसे-तैसे जली-कच्ची बना ही लेती थीं मगर उसे परोसने में बड़ी गड़बड़ हो जाती थी। दादाजी के बजाय, रोटी को, बैल के सामने परोस देती थीं।'

एक जगह लेखक एक बहुत ही गहरे हास्यात्मक व्यंग्य को इस तरह से लिखता है–'मैं हर शंका का समाधान होना निहायत ज़रूरी मानता हूँ, चाहे वह लघु शंका हो या दीर्घ शंका, उचित समय पर समाधान न मिलने से शंकाएं जानलेवा हो सकती हैं।'

एक से बढ़ कर एक विषय चुना है, रामानुज जी ने इस पुस्तक की व्यंग्य कथाओं के लिए और उनकी कलम से निकली हुई व्यंग्य की गोलियां और गोले कुछ ऐसी टीस दे जाते हैं जो आपको अन्दर ही अन्दर कुरेदते भी रहते है और गुदगुदाते भी हैं। इसी पुस्तक के समर्पण सन्देश में लेखक अपनी मंशा को ये कह कर स्पष्ट कर देता है–'ये संग्रह समर्पित है, उन मनहूस लोगों को जो हँसना भूल गए हैं या उनकी हंसी छीन ली गयी है।'

इसी से इस पुस्तक का चरित्र ज़ाहिर हो जाता है। लेखक एक सन्देश भी देता है कि सबसे बढ़िया हँसना स्वयं पर होता है। दर्पण में अपना चेहरा देख कर हँसना, अपने दगाबाज़ मुक़द्दर पर हँसना, ज़िन्दगी के बेकार फ़लसफ़े पर हँसना।'

इस पुस्तक के रूप में रामानुज जी ने, अपनी कलम की परंपरा को यथावत रखते हुए, एक सशक्त, स्वच्छ और मानवीय सोच को उद्वेलित करने का सुन्दर साहित्यिक काम किया है। यह पुस्तक निश्चित ही पाठकों के दिलों दिमाग में कुछ ऐसे कीड़े छोड़ जायेगी जो शायद काफ़ी देर तक कुलबुलाते रहेंगे और आपकी सोच को सदैव क्रियाशील रखेंगे। इस सुन्दर पुस्तक के लिए आदरणीय रामानुज 'अनुज' का हार्दिक अभिनन्दन और शुभकामनाएँ।

विवेक कवीश्वर

वरिष्ठ लेखक, कवि, नाट्यकार

रेडियो एवं दूरदर्शन, कालका जी नई दिल्ली, ११००१६

क्रम तालिका

राम नाम सत्य है

अक्सर शहरी-अर्द्ध शहरी लोग शव को श्मसान ले जाते हुये कहते चलते हैं-'राम नाम सत्य है-सत्य नाम सत्य है।'

अभी पिछले दिनों ही एक शव यात्रा में शामिल होने का पुनीत अवसर मिला, वहाँ भी लोगो को कहते हुए सुना-'राम नाम सत्य है-राम नाम सत्य है।' लेकिन तहकीकात से पता चला कि अभी यहाँ बहुत कम विरादरी की शव यात्रा में 'राम नाम सत्य है' कहा-सुना जाता है। पूरी जात-विरादरी ने अभी स्वीकार नहीं किया है-राम नाम सत्य है।

ये सवाल मेरे दिमाग में खलबली मचाये हुये है, के आखिर किसे बता रहें कि राम नाम सत्य है और बाकी सब असत्य है। कहीं उस मुर्दे को तो नहीं जो आदमी से मुर्दे में प्रमोट हुआ है। लेकिन मेरे ज्ञान अनुसार जो हिल नहीं सकता, चल नहीं सकता, सुन नहीं सकता, उसे यह सब बताने से क्या फायदा? इसी सवाल का उत्तर खोजने के लिये मैं अपने गांव की एक शव यात्रा में शामिल होने के लिए गया था।

इधर भी वही हाल दिखा-सबसे पीछे चल रहा एक आदमी जोर-जोर से कह रहा था-राम नाम सत्य है। मैंने उसे रोककर कहा-'अरे भई, सत्य है तो सत्य रहने दो न-बेकार में गला फाड़कर चिल्ला क्यों रहे हो?'

'नास्तिक हो क्या?' वह आँखे तरेर कर बोला।

'आस्तिक हूँ, भैया जी! तभी तो आप सब के साथ हूँ।' पूरी अज्ञानता चेहरे पर लाते हुये मैंने कहा।

'शव यात्रा में 'राम नाम सत्य है' कहने की पुरानी परंपरा है। ऐसा कहने से मृतक की आत्मा को जन्नत की टिकिट मिलने में सहूलियत होती है-ऐसा हमने सयानों को कहते हुए सुना है....और शास्त्रों में लिखा भी है। 'किस शास्त्र में लिखा है?'

उसने मुझे ऐसे घूरा जैसे मुझसे बड़ा मूर्ख संसार में कोई न हो। कुछ देर चुप रहने के बाद मैंने पुनः उससे पूछा-

'जब हमारे दादा मरे थे तब किसी ने नही बताया, न कहा कि-'राम नाम सत्य है'-कौन सी दुश्मनी रही लोगों की दादा जी से?'

'देखो बात को अपने पुरखों की ओर मत उछालो, अभी सब कह रहे हैं तो तुम भी कहो।' वह आदमी खीझकर बोला।

उसकी बात मुझे बिल्कुल जमी नहीं, मेरा जिज्ञासु मन अशांत ही रहा। मैं अनमने भाव से सब के साथ चलता रहा। अचानक मेरी निगाह एक आदमी पर पड़ी जो सबके साथ चलता हुआ कुछ बुदबुदा रहा था। मै फौरन उस आदमी के पास पहुँचा, संयोग से वह मेरा पुराना लगोटिया यार 'सुखई' निकला। हम दोनों पांचवीं तक गांव के स्कूल में साथ-साथ पढ़े-लड़े है। वैसे उसका नाम स्कूल के रजिस्टर में 'रामसुख' दर्ज हुआ था। तकदीर ने उसे रामसुख कभी होने नहीं दिया, बेचारा सुखई का सुखई ही रह गया। मैं सुखई उर्फ रामसुख को भीड़ से किनारे खींच लाया।

वह मुझे पहचान कर पूछा-

'राजधर! तुम कब आये?' (उसने मुझे नाम से सम्बोधित किया था। गनीमत है, मेरी पत्नी यहाँ नहीं है। नहीं तो इसका कॉलर खींचकर पूछती-'व्हाट राजधर-किसे बोले हो?-हाँ, रेस्पेक्ट देकर किसी से बात करना नहीं सीखा। अरे ईडियट, ये राजधर नहीं है, ये आर. डी. शर्मा एडवोकेट है। माय हसबैंड-अंडरस्टैंड)' और बेचारा पांचवी फेल सुखई कैसे इतनी इंग्लिश समझता। मुझे हँसी आ गई।

'अरे तुम हँस रहो हो, मैंने अभी पूछा कि कब आये??'
'सॉरी, सुखई भैया-मैं आज ही शहर से घर आया हूँ, तो इधर भी चला आया। और तुम अपनी सुनाओ, क्या हाल-चाल हैं? बहुत दिनों के बाद हम मिल रहे हैं।'

'क्या हाल चाल सुनाएं राजधर? मेरा समय खराब चल रहा है, ये जो आदमी मरा है न-मेरा सगा चाचा है। दो साल से साले का गू-मूत हम कर रहे थे। आज मर गया, लालच दिया रहा कि सुखई चार बीघा जोत तुम्हारे नाम कर दूँगा, लेकिन किया नहीं-आज टुन्न हो गया।'

इनकी आल औलाद भी होगी न-उन लोगों ने इनकी सेवा क्यों नहीं

की? सुखई की बात को बीच में ही काटकर मैंने कहा।

'एक लड़की है। बाप के जीते जी मुँह देखने तक नही आयी। आज आयी है, बड़े-बड़े अंसुआ बहाने।'

'कुछ हो सकता है, भैया? तुम तो शहर के बड़े वकील हो।' सुखई ऐसे बोला, जैसे मेरी वकालत की अभी परीक्षा लेने वाला हो।

'इस मुद्दे को बाद में देखूँगा, मैं वकील हूँ और तेरा चड्ढी यार भी। भरोसा रख-तेरे साथ गलत नहीं होने दूँगा। कानून से रोज खेलता हूँ। अभी ये बता सभी राम नाम सत्य है, क्यों कह रहें हैं?'

'मुझे नहीं पता राजधर भैया, सब कह रहे थे, तो मैं भी कह रहा था।' 'लेकिन तुम तो बुदबुदा रहे थे-जैसे किसी को गाली दे रहे थे।' मैंने कहा।

'तुम पढ़े-लिखे वकील आदमी हो भइया, सब ताड़ लेते हो। तुमसे अब छिपाना क्या? मैं उस मोटू को गाली दे रहा था।' सुखई ने उस आदमी की ओर इशारा करके कहा जो जोर-जोर से हाथ उठा-उठा कर राम नाम सत्य है, चिल्ला रहा था, जैसे इंकलाब-मुर्दाबाद का नारा लगा रहा हो।

'उसने तेरा क्या बिगाड़ा है?' मैंने पूछा।

'यही तो है कमीना, रंडी की औलाद-मेरा हक मारने वाला, चाचा का दामाद, इसे गाली न दूँ तो का पूजा करूँ?'

'सुखई, वह तुम्हारा बहनोई है, ऐसा नहीं कहते और वैसे भी दुःख की घड़ी में।'

'भाड़ में गया बहनोई भैया-मुझे तो लगता है, मेरा चाचा नहीं मरा है। मै ही जीते जी मर गया हूँ।'

मैंने उसको किसी तरह से शांत तो करा दिया। लेकिन उसका मुंह बंद नहीं करवा पाया। अब वह जोर-जोर से रोने लगा था। शव यात्रा में शामिल कई लोग सुखई को समझाने लगे थे-'भई, रोने से कभी कोई मुर्दा जी उठा है क्या? इसलिये ज्यादा दुःख मत करो अपने शरीर को देखो। यह संसार मुसाफिर खाना है। यहाँ से सभी को एक न एक दिन जाना ही होगा।'

मै सुखई के चाचा की अंतिम क्रिया-कर्म से निवृत होकर घर तो आ

गया, लेकिन बात भीतर हज़म नहीं हो पा रही थी। मामला मुझे बेहद गम्भीर लगा, कोई न कोई बात जरूर है। कहीं किसी की साजिस तो नहीं है-राम नाम सत्य को असत्य साबित करने की। मुझे इसमें किसी विदेशी हाथ होने का भी शक-सुबहा हुआ, लेकिन क्या करें। मेरी तो नाइट शिप्ट की नींद ही उड़ गई है, जब भी बिस्तर में जाता हूँ-यही शब्द बार-बार कानों में गूंजता रहता है, मच्छर भी भिनभिनाते हैं तो ऐसा लगता है-जैसे कह रहे हों, राम नाम सत्य है। पिल्लई साहब की पिलई भी रात में राम नाम सत्य भूँकती है। बच्चों का रोना भी राम नाम सत्य लगता है। बिल्ली मौसी की म्याऊं-म्याऊं भी राम नाम सत्य कहने जैसे लगती है।

मेरी विवशता यह है कि किसी बात को यथार्थ की रस्सी में जोरदार कसे बिना स्वीकार नहीं कर पाता, चाहे जो हो जाये। पढ़ा-लिखा भारतीय वकील जो ठहरा। इसीलिये मै अक्सर केस हार जाता हूँ। यथार्थ को बांधने के लिये रस्सी लेने चला जाता हूँ और इधर हमारे मुद्दे खिसक कर विरोधी वकील के पास चले जाते हैं। इसी चिंतन-मनन में मेरी डाइट कम हो गई, रात वाला खाना भी सात रोटी और एक कटोरा सब्ज़ी से उतर कर सीधे चार रोटी और एक कटोरी सब्ज़ी पर आ गया। कटोरे की फीमेल कटोरी है। इसमें कटोरा की अपेक्षा कम सामान आता है और अपने यहाँ परम्परा भी यही है कि हर छोटी और कम काम लायक चीज को नारी सूचक मान लिया जाता है।

रात की खुराक कम हो जाने से रात की नींद भी प्रभावित हुई। किसी दिन ज्यादा सो जाते तो किसी दिन कम सोते, कभी-कभी तो समझ पाना भी मुश्किल लगा कि सो रहें हैं कि जग रहें हैं। एक दिन वही हो गया जिसकी मुझे पहले से ही आशंका थी।

पत्नी ने झिझोड़ कर उठाया और डपटकर बोली-'क्यों चिल्ला रहे हो?'

'नहीं तो, मैं तो सो रहा था।' मैं घबराकर बोला।

'अच्छा, तब ये कौन चिल्ला रहा था-राम नाम सत्य है-राम नाम सत्य है?'

'मैं नहीं चिल्लाया। तुम्हारा भ्रम है-तुमने सपना देखा होगा?' मेरा यकीन करो आरती, मै तो बेखबर सो रहा था।

'तुमको कितनी बार मना किया है कि किसी की शव यात्रा में मत जाया

करो, शव यात्रा में शेर दिल इंसान जाते हैं, तुम्हारी तरह के चूहे सरीखे दिल वाले नहीं। जब तुम्हें इतना डर लगता है तो तुम्हारा न जाना ही तुम्हारी सेहत के लिए ठीक रहेगा।' आरती ने मुझे समझाया।

आरती मेरी पत्नी का नाम है, यहां पर आरती की शिक्षा के बारे में बताना जरूरी है, इसलिये जो कुछ जानता हूँ बता रहा हूँ। ये डबल एम.ए. है। ऐसा मैं नहीं कह रहा, जो सुना है वही बता रहा हूँ। इसके पिता जी यानी मेरे स्वर्गीय श्वसुर साहब ने शादी के समय मेरे पिता जी अर्थात आरती के स्वर्गीय श्वसुर से बताया था कि मेरी आरती हिंदी और इंग्लिश दोनों भाषाओं में एम.ए. है।

मुझे लगा कि मैडम जब इतनी पढ़ी-लिखी है तो इसी से क्यूँ न पूछा जाये, इसी बहाने पता भी लग जायेगा कि सही-सही हिंदी साहित्य में एम.ए. किया है? वाह, इसे कहते है 'एक पंथ दो काज।' इसने हिंदी साहित्य में शव यात्रा में राम नाम सत्य है कहने की वजह जरूर पढ़ी होगी। अंग्रजी में तो इस तरह का कोर्स शायद नहीं होता है। मेरी आँखे काली रात के अंधेरे में भी खुशी से चमक उठी, फिर भी रात की मर्यादा का लिहाज कर इस बात को सुबह पूछना ठीक समझा।

सुबह जब मेरी नींद खुली तो सुना की आरती बड़े जोर-जोर से बोल रही थी–'हाय राम-पूरा घर अशुद्ध कर दिया अब कहाँ-कहाँ सफाई करें, इन कपड़ों का क्या हो। सब छू-छा के बराबर कर दिया। इनके लिए तो जिन्दा-मुर्दा सब बराबर है।'

मेरी समझ में कुछ नहीं आ रहा था कि आखिर ऐसा क्या हो गया है कि मैडम इतनी जोर से नाराज़ होकर चिल्ला रही है। आखिर मुझसे रहा नहीं गया और बिस्तर में पड़े-पड़े ही पूछ लिया-

'क्या हो गया है? क्यों सुबह-सुबह इतना चीख-चिल्ला रही हो?'

'अरे तुमने मोज़े नहीं धोये? जूते में खोंस रखे हो।'

'चप्पल पहन कर गया था।'

'थैंक्स गॉड।'

'देखो, झूठ मत बोलना। वकीलों पर यकीन करना बहुत मुश्किल

होता है।'

'तुम्हारी क़सम आरती- चप्पल ही पहन कर गया था।'

'क़सम मत खाओ-उठो, फ्रेस हो लो, अभी नास्ता बनाऊंगी तो खा लेना।'

मैंने मन ही मन सोचा अच्छा हुआ जो चप्पल पहन कर गया था, अन्यथा आज मैडम से अंग्रेजी में बहस करनी पड़ती, जो मेरे लिए बहुत कठिन है। नास्ते के समय में आरती का मूड ठीक-ठाक देख कर मैंने सवाल कर ही दिया-

'शव यात्रा में लोग राम नाम सत्य है, कहते हुए क्यों चलते हैं?'

'अरे इतनी सरल सी बात नहीं जानते-लोग एक दूसरे को बताते चलते हैं कि राम का नाम ही अब बचा है, जो सत्य है, बाकी सब झूठा है। इसलिये किसी से छल-कपट मत रखो, एक दूसरे की टांग खिंचाई मत करो, राम नाम का स्मरण करते हुए ईमानदारी से जीवन व्यतीत करो, एक न एक दिन सभी को शमशान की ओर अंतिम यात्रा पर जाना है। मूल में बस इतनी सी बात है और कुछ नहीं। आरती किसी दार्शनिक की तरह बोली।

'फिर आदमी मानता क्यूँ नहीं ?' मैंने दूसरा सवाल दाग दिया।

'न माने तो भुगते।' आरती बोली।

'मज़े की बात तो यही है कि जाने वाला नहीं भुगतता, भुगतना उसे पड़ जाता है जो उसके पीछे बच जाता है, उधर मरने वाला तो 'राम नाम सत्य' हो गया। इधर बंटवारे को लेकर भाई ने भाई का सर फोड़ दिया, थाना कचहरी का काम बन गया।' मैंने भी अपनी समझ अनुसार बात कही।

'सही है-आखिर थाना कचहरी वालो का भी मुँह पेट है-भगवान सबको देता है।' आरती ने कहा।

अर्थात राम नाम सत्य है। सब कहते भर हैं, मानते कोई नहीं। मैंने अगली दलील पेश की।

माने या माने हमें क्या-ज्यादा सोच विचार मत करो। ज्यादा सोचने पर भी 'राम नाम सत्य' हो जाता है। आरती हँसकर बोली।

मै भी पति-धर्म निभाते हुये साथ में हँस पड़ा...हा हा ही ही।

हर कुत्ते के दिन बदलते हैं

जीवन और मृत्यु की किताब के पन्नों की शल्य क्रिया की जाए तो तीन प्रकार के मनुष्यों की मौजूदगी के प्रमाणिक लेख मिलते है। शोधरथी लोग कान लगाकर सुनें-प्रथम तो वे, जो जिंदा रहने पर खुशी और मौत उपरांत दुःख देते हैं, ये भले मानुष मन्दबुद्धि वाली नर्सरी से आते हैं। दूसरे-वे जो जीते-मरते दोनों पारी में दुःख देते हैं। इनकी सप्लाई डायरेक्ट यमलोक से होती है, दरअसल ये निश्चित समय के लिए टारगेट लेकर आते हैं।

ये जीते जी कुछ बताने लायक और मृत्यु उपरांत बिल्कुल न बताने लायक दुःख देकर जाते हैं। कोई-कोई तो इतने क्रूर होते हैं कि मरने के बाद परिवार वालों की चड्डी-बनियान तक बिकवा देते हैं। तीसरे दरजे की वह दुर्लभ प्रजाति है, जो बहुत कम पाई जाती है। ईश्वर भी इनकी पौध को लेकर बहुत हैरान है। देव-स्टूडेंट इस टॉफिक पर अभी शोध कर रहें है। नतीजा सिफ़र है। इनका स्वभाव उलट-पलट, उखाड़-पछाड़, मार-धाड़ वाला होता है। जीवित रहते बड़े भू-भाग में अपनी प्रेत लीला से सब को दुख पहुँचाते रहते हैं, और मृत्यु उपरांत खुशी के सबब भी यही बनते हैं। देखने मे ये आम इंसान जैसे होते है। परन्तु बहुरूपिया पन की विद्या में निपुण होते हैं। कभी सूट-बूट में, कभी कुर्ता-धोती में, तो कभी कंडे की भष्म लपेटे सिर्फ फुटी लँगोटी में भरमिया देते हैं, चार आँख वाले तक को। इनसे पुलिस-फक्कड़, धुँआ-धक्कड़, हर कोई खौफ खाता हैं। अपुन जैसे डेढ़ हड्डी के आदमी की औकात क्या? हाँ! ये बहुभाषी होते हैं। हिंदी से अच्छी अंग्रेजी बोलने की कूबत रखते हैं। कभी तो ऐसी अंग्रेजी कर देते हैं कि बड़े-बड़े अँग्रेजियत वाले भी चकरधिन्नी ख़ाकर लोटने लग जाते हैं।

ऐसी ही सख्सियत के धनी मुहल्ले भर के गुरु 'फग्गन' थे। ये चोरी-मोरी राहजनी की प्रारंभिक शिक्षा के बाद, मार-धाड़, छुरा-चाकू के सब्जेक्ट से ग्रेजुएट हुए। पुलिस की गलतियों की वजह से इन्हें जेल हो गयी, बेचारे पी.जी. का कोर्स नहीं कर पाए। जेल में ही पी.जी.कोर्स का रियाज चलता रहा। जेल से कुछ शायरी भी सीख आये थे, जब वे तरंग में होते तो जमीन में चित होकर कहते-

'नामालुम क्या उठा-उठा है।

धरती पर आकाश टँगा है।'

फिर पलटा मारकर कहते–

'इधर भी खुदा है, उधर भी खुदा है।

जिधर देखिए, बस खुदा ही खुदा है।'

जेल से छूटते ही वे नगर निगम का चुनाव लड़े और निर्विरोध जीते भी। उनके सम्मान में कोई अन्य चुनाव लड़ा ही नहीं। चुनाव जीतने के बाद उनके हाथ लंबे और मजबूत हो गये थे। पाँव में जूते की जगह चप्पल आ गयी थी। धोती की जगह पाजामा बंध गया था, धोती पहनना वे रिस्की मानते थे–'का भरोसा मुई कब छूट जाए।' झबरी मूँछें तलवारी हो गईं थी, आँखे इश्तिहारी और जुबान गैर फलाहारी हो गई थी। वे जन प्रतिनिधि हो गए थे, तो सेहत दुरुस्त होनी चाहिए–कि नई।

फक्कड़ बाबा की कही आज सच उतर रही थी। बाबा जब बाबागीरी पर उतर आते थे तब वे कहते–'हर कुत्ते के दिन बदलते हैं।' उनकी यह गम्भीर बात आज समझ मे आयी, जब मुहल्ले में खबर फैली की फग्गन गुरु नहीं रहे। उन्हें पेट मे कैंसर था। पिछले महीने 'गुरु' टाटा मेमोरियल हॉस्पिटल बॉम्बे के लिए सशरीर डिस्पैच हुये थे। किसी को यकीन नहीं था कि इतनी जोरदार पावती आएगी। पावती में सिर्फ खबर आयी थी। उनकी स्थूल मृत काया को बम्बइया दोस्तों ने समुद्र देवता को सौंप दिए थे। उनकी मान्यता थी कि बम्बई से विष्णु-धाम बैकुंठपुरी बहुत पास है, जल्दी पहुचेंगे।

हम लोग उनकी मौत की खबर से कनफुजिआ गये हैं, समझ नहीं पा रहे हैं कि हँसे या रोएं। मेरी राय से एक मीटिंग होनी चाहिए, आम राय से हँसना या रोना चाहिए। यह गम्भीर बात है, मीटिंग में बहुमत जो कहे, वही करना देश हित और व्यक्ति हित में होगा।

कनछेदी लाल

इधर दो चार दिन से कम्बख्त सर्दी जुकाम ने जकड़ रखा है, शेविंग तक करना मुश्किल है। गाल में क्रीम लगाते ही जोरदार छींक-एक दो चार नहीं, पूरे चालीस के पार-जैसे किसी जंगल में डाकुओं के साथ पुलिस की मुठभेड़ चल रही हो, दे दनादन, फायर पर फायर-फिर-फायर।

आज सुबह पत्नी के आदेशानुसार मैं छत में गया हुआ था, पानी सप्लाई की टंकी में पानी का मुआयना करने कि आज के काम लायक पानी है कि नहीं। तभी मेरे पड़ोसी कनछेदीलाल शर्मा की नजर मेरे चेहरे में उग आये ब्लैक एंड व्हाइट जंगल की ओर पड़ गई।

ज्यादा मुँह फैलाने से पहले पड़ोसी धर्म का निर्वाह करते हुये कनछेदी लाल का सार्ट में परिचय देना जरूरी समझता हूँ। नाम भले माँ बाप ने कनछेदी रख दिया है, लेकिन उन्हें इस नाम से सख्त एतराज़ है, द्वार में लगी नेम प्लेट में 'के.एल. शर्मा डबल एम-ए, आरटीओ विभाग' लिखा रक्खा है।उन्हें चिढ़ाना हो तो कनछेदी कह के देख लो-आपको जाने क्या-क्या सुना देंगे, यही नहीं, आपके साथ उनका हुक्का पानी भी बंद।

मेरे परमानेंट पड़ोसी होने के पहले ही होली से चार पाँच दिन रह गये होगें कि एक घटना क्या? दुर्घटना घट गई। हुआ यूँ कि गांव से इनके पिता जी वगैर नोटिस इत्तला के अटकते-भटकते दिन के ग्यारह बजे के लगभग घर आ धमके। वे द्वार खटखटाते हुये आवाज भी लगा रहे थे-कनछेदी, कनछेदी-लेकिन भीतर से शर्मा जी की मिसेज़ ने द्वार नहीं खोला। वे रह-रह कर द्वार खटखटाते हुये 'कनछेदी-कनछेदी' आलाप रहे थे।

मुझसे रहा नहीं गया, तुरंत बाहर निकल कर देखा-शर्मा जी के द्वार के सामने मैला कुरता और घुटने के ऊपर तक धोती पहने एक वृद्ध सज्जन खड़े थे। शक्ल सूरत से वे हनुमान मंदिर के पुजेरी जैसे लगते थे। सफेद धोती ऊपर गेरुआ वर्ण कुरता, उन्नत भाल पर उन्नत सिंदूरी टीका।

उनके निकट जाकर मैंने कहा-

'क्यों चिल्ला रहें हैं, पंडित जी! ये शर्मा जी का घर है, इधर कोई

कनछेदी नहीं रहता। वो नेम प्लेट देख लो।

वे नेम प्लेट में के.एल. शर्मा लिखा पढ़कर निराश हुये, फिर भी विश्वास समेट कर बोले-

'घर तो जेही लगत है.एक दफा कनछेदी के साथ फटफटी मा बेठ के इतै को आओ है।'

'लेकिन यह के.एल. शर्मा का घर है। आपके पास कनछेदी का कांटेक्ट नम्बर है?' मैंने पूछा।

'कोनो नम्बर-सम्बर नईं है। वे बोले।

तभी शर्मा जी की पत्नी ने द्वार खोला और आश्चर्य व्यक्त करते हुए बोली- 'अरे! आप बिना खबर किये चले आये बाबू जी, पता होता तो वे आपको लेने गये होते।'

मैंने कनछेदी की खोज कर ली थी, मुझे भी आज वही खुशी मिली जो आर्कमिडीज को गुरुत्वाकर्षण के महा खोज पर मिली थी। मैं उल्टे पाँव दौड़कर घर के भीतर आ गया।

तो कनछेदी लाल उर्फ के.एल. शर्मा मेरी बढ़ी दाढ़ी की ओर इशारा करते हुए बोले-'अरे अनुज जी! दाढ़ी क्यों बढाये हो? क्या घर परिवार में कोई मर गया है?'

'नहीं शर्मा जी! ऐसी बात नहीं है, सब खैरियत है। तबियत जरा नाशाद चल रही है। मैंने सफाई दी हालांकि पिछले चार दिनो से नहाया नहीं था।

'क्यों क्या हुआ?'

'जुकाम।' प्रमाण स्वरूप मैंने गीला रुमाल उन्हें दिखा दिया।

'उँह-ये भी कोई बात हुई। सर्दी-जुकाम भी कोई बीमारी है, आप मुझसे दवा लीजिये, सर्दी-जुकाम की ऐसी की तैसी। दवा सूँघते ही दुम दबाकर भाग न जाये तो मेरा नाम बदल देना।'

'कौन सी ऐसी दवा है? जरूर दीजिये-भई, यहीं मंगवा दो न, बहुत तकलीफ है, पूरा सर भन्ना रहा है।

'अरे भई, ऐसे खुले में लेने वाली दवा नहीं है। पूरे एक गिलास की

डोज है। कल ही एक मुर्गा फँसा था, पहुँचा गया है। बिल्कुल न्यू ब्रांड की बोतल है, असली जर्मन 'काला भूत' है। चाहो तो आप पूरी बोतल रख लो, रात में खाने से पहले आधा गिलास दवाई में उतना ही पानी मिलाकर छान लेना फिर देखना काला भूत का काला जादू। बिना मरे ही जन्नत की सैर करा देगा। अब मुझे देखो न-पिछले महीने जुकाम के साथ बुखार भी आया था, लेकिन वगैर नागा बरोबर दफ्तर गया था।' वे अपने बायें हाथ में बल दिखाते हुये बोले।

"थैंक्स शर्मा जी, ये मेरे को सूट नही करेगी।' मै उनकी दवाई समझ गया था। तुम्हारी बात और है-सरकार जो तुम लोगो को रिटायर न करे तो ऑफिस में ही अपनी कब्र बनवा लो और वहीं बैठकर काला भूत पियो। रोज उपरी कमाई जो है न। मैं मन ही मन भुनभुनाया।

'आज तिलक राज सिंह के बेटे का तिलकोसव है, निमंत्रण तो आपको भी मिला होगा?' वे गियर बदलते हुये बोले।

'मिला है।' मैंने लघु उत्तर दिया।

'तो क्या विचार है-चलना हो तो बोलो।'

'चलना तो था लेकिन दूर है, मेरी बाइक भी पंचर खड़ी है।' मैंने अपनी समस्याएँ बताई।

'आप मेरे साथ चलिये न, कार से चलेंगें। शाम को दफ्तर से आते ही सीधे चल देंगें, मैडम को बोल देंगे वो भी रेडी रहेंगी। आप भी भाभी जी को बोल दीजिये दोनों की बढ़िया कम्पनी रहेगी।' शर्मा जी बोले।

'मै तो चल दूँगा लेकिन उनका चलना मुश्किल है, मेरा और तिलक राज सिंह के बीच अभी फैमली टर्म नहीं बने है।' मैंने असमर्थता जताई।

'ओक्के, यह आपका पर्सनल मैटर है, पर आप रेडी रहना।'

मैंने भी सर हिलाकर सहमति दे दी।

मै शाम को सात बजे से ही कुरता पाजामा और नेहरू कट जैकेट पहनकर पूरी तैयारी के साथ बैठ गया था, बस शर्मा जी के बुलावे का इंतज़ार था, आखिरकार आठ बजे के लगभग इंतज़ार की घड़ी खत्म हुई, उनके बड़े बेटे ने आकर खुशखबरी सुनाई-'पापा चलने को बोल रहे हैं।'

वगैर देरी के मैं पत्नी से यह कहते हुये बाहर आ गया कि अंदर से गेट अच्छी तरह से बन्द कर लेना।

शर्मा जी कार सड़क में ला चुके थे वे मुझसे आगे बैठने को बोले। मैं बैठने के लिए गेट का हैंडिल छुआ ही था कि भड़ाक से गेट बाहर की ओर खुला और मुझे जोर का झटका लगा, हालांकि मैं गिरा नहीं, सम्हल गया। लेकिन झटका आखिर झटका है, चाहे जोर से लगे या धीरे से।

'अरे अनुज जी, लगा तो नहीं, क्या कहें कम्पनी ने ऐसा गेट डिजाइन किया है कि बैठने वाले को देखते ही ओटोमेटिक ओपन होता है।' शर्मा जी मेरा हाथ सहलाते हुये बोले।

पीछे की सीट पर मिसेज शर्मा आसमानी सलवार सूट के साथ मैच करता हुआ पर्स लिए अपने दोनों बेटों के साथ विराजमान थीं। हम सब चल पड़े-नहीं-नहीं, गलत सेन्टेंस है, हम सबको लादकर तिलकोत्सव के गिद्धभोज के लिए कार चल पड़ी थी। यद्यपि वाहन चालक से वाहन चलाते समय बातें नहीं करनी चाहिए, लेकिन जब मालिक स्वयं वाहन चला रहा हो तब तारीफ के दो चार शब्द न कहना कुशालीन माना जायेगा न। इसलिये अपने को सभ्य प्राणी साबित करने की गरज़ से मैं शर्मा जी से बोला-

'भाई शर्मा, ब्राउन सूट में बहुत जम रहे हो। कार भी गजब की ड्राइव करते हो, सड़क में कितने गड्ढे हैं लेकिन जर्क नहीं लग रहे।

मेरी इस तरह की तारीफ करना उन लोगो को बहुत पसंद आया सभी ने एक स्वर में 'थैंक्स' बोलकर लाइक सबूत पेश कर दिया।

'अनुज जी, आप साठ के हो गये अगर आप भी थोड़ा हेयर डाई कर लें, यकीन माने पचास के लगेंगे, अब मुझे देखो न पूरे पच्चास का हूँ, लेकिन कितने का दिखता हूँ?'

'चालीस के।' सीधी सी गणित है हेयर डाई से दस साल उमर कम लगती है। मैंने हिसाब लगाकर बताया। मेरा यह उत्तर मिसेस शर्मा को बहुत पसंद आया होगा, आगे की सीट में विराजमान होने की बजह से यद्धपि उन्हें देख तो नहीं पाया, परन्तु अनुमान यही कहता है।

इसी तरह की बिना सर पैर की बातें करते हुये कार्यक्रम स्थल में आ

गये, बाहर बेतरतीब खड़ी की गई गाड़ियों को देखकर लगा बहुत भीड़ होगी। मैंने शर्मा जी को सलाह दी- गाड़ी कहीं बाहर ही खड़ी करें, ताकि लौटने में दिक्कत न आये। लेकिन उन्हें मेरी सलाह जमी नहीं, वे गाड़ी आगे बढ़ाते चले गये। उन्हें इस बात का इल्म है कि दस बीस लोग गाड़ी से उतरते हुये न देखें तो गाड़ी लाने का मतलब ही क्या है? बहरहाल-थोड़ा और आगे जाकर शर्मा जी ने गाड़ी रोक दी। मै इस बार सतर्क था, सो कार के रुकते ही नीचे कूद गया। डर रहा था कि कहीं इस बार कार का ऑटोमेटिक गेट झटके के साथ मुझे उठाकर नीचे न फेंक दे। शर्मा जी, उनकी पत्नी और बच्चे धीरे-धीरे जूता चप्पल सम्हालते हुये नीचे उतरे।

'भीड़ ज्यादा दिख रही है, तिलक राज जी नहीं दिख रहे हैं? शर्मा जी टाई की नॉट ढीली करते हुये बोले।

अब भीड़ ही न दिखेगी, तिलक राज थोड़ी आयेगा अगुआई करने-खाना लगवा दिया होगा टेबल में। खाओ और खुद हाज़िरी लगाओ अपनी। हम लोग भी सबको जाते देख पीछे-पीछे चल दिये। तम्बूनुमा बड़े पंडाल के नीचे कार्यक्रम चल रहा था। पंडाल में पहुँचने वाले हर आदमी को गुलाल लगाकर स्वागत किया जा रहा था। कुर्सियाँ भी लगी थीं लेकिन कोई बैठ नहीं रहा था। सब भोजन की क्यूँ में शामिल हो रहे थे, शायद सबको भय सता रहा था के कहीं खाना खत्म न हो जाये। मै एक कुर्सी में बैठ गया और शर्मा जी बोला- 'आप लोग डिनर कर आयें, मै थोड़ी देर से खा लूँगा, यहीं बैठता हूँ।'

'क्यों?'

'अभी मन नहीं।'

'मन बनाओ भाई।'

'ठीक है-चलिए, मैं थोड़ा रुककर आता हूँ।' मैंने कहा।

'ओके-वापसी में यदि इधर न मिल पायें तो गाड़ी के पास आ जाइयेगा।'

मैं अकेला बैठा हुआ सब नज़ारा देख रहा था, आने वाला हर कोई खाने की तरफ लपक रहा था। जैसे महीनों से खाने के दर्शन न मिले हों। दो मिनट का टाइम किसी के पास नहीं था कि कुर्सी में बैठ ले, इतना बड़ा

निरादर कुर्सियों का पहली बार देख रहा था। कैसा समय पलटा खाया है कि आदमी के पास खाने के अलावा और कोई काम बचा ही नहीं– किसी को किसी के पास बोलने-बतियाने की फुर्सत नहीं, सब अपने आप में मस्त। वो भी क्या दिन थे जब बड़ी-बड़ी पंगतें बैठती थी। परोसने वाले एक-एक आदमी के पास जाकर खाना परोसते थे, क्या आनन्द था उस भोज का, खाने वाला भी खुश खिलाने वाला भी खुश। मेजबान हर आगंतुक से मिलकर उसे बैठाता-उठाता, कुशल-खैर पूछता फिर भोजन करने का आग्रह करता। किस दुश्मन ने हमारी संस्कृति, हमारी सोच में इतना परिवर्तन ला दिया, नियम कायदों में आग लगा दी, आज कोई पूछने वाला नहीं, रंग बिरंगा कार्ड छपा दिये और सब झंझटों से फुर्सत– आये हो तो जो मिले खाओ, नहीं भाड़ में जाओ। लिफाफे पर लिखे नाम से तुम्हारी आमद मान ली जायेगी। इन्हीं बातों में आगे पीछे हो रहा था कि पीठ पर किसी के हाथ का स्पर्श पाकर चौंक गया–पीछे घूमकर देखा–तिलकराज सिंह मंद-मंद मुस्कुरा रहे थे।

'अरे, तुम अकेले बैठे क्या कर रहे हो? खाना पीना हुआ कि नहीं?'

ये थे मेरे कालेज के दिनों के सहपाठी और अब गणित के लेक्चरर, हर काम त्रिभुज बनाकर करने वाले श्री तिलकराज सिंह, जिनके सौजन्य से आज का डिनर छन रहा था।

'नहीं राज भाई, 'खा लूँगा, अभी दस ही तो हुये हैं, ज्यादा टाइम भी नहीं हुआ है।'

हाँ भाई! खाने के हिसाब से तो ठीक है, लेकिन तिलक-फलदान के हिसाब से विलम्ब हो रहा है।

'क्या तिलक वाले अभी नहीं आये?' आश्चर्य से मैंने पूछा।

'बस आने ही वाले है, रास्ते में दो एक गाड़ी पंचर हो गई थी–इसलिये विलम्ब हुआ।' तिलकराज ने बताया।

'पंचर लोगो को छोड़कर बाकी तो आ जाते।' मेरा मतलब जिनकी गाड़ी पंचर हुई है, वे पीछे आ जाते।'

'कैसे आ जाते? हें हें-अपन ठाकुरों में ऐसी रिबाज़ नहीं है, जब चलेंगे सब एक साथ चलेंगें, अनुज जी, पूरी पच्चीस-ट्वेंटी फाइव लग्जरी कार जब

सड़क में एक साथ सांय-सांय दौड़ेंगी-तब जलबा कुछ और ही खिंचेगा न।'

'तो तिलक वाले सौ के ऊपर आयेगें?' मैंने आश्चर्य से कहा।

'सौ क्या? मैं तो बोला था पूरे पाँच सौ आओ, लेकिन वे सौ में ही हिप्प बोल गये।' अनुज जी, भीड़ से ही लोगों की औकात का पता चलता है।'

मैं कुछ बोला नहीं, सिर्फ मुस्कुरा कर रह गया।

'आप फलदान देखकर जाना।' तिलकराज ने कहा।

'नहीं राज भाई, तबियत सही नहीं है, ये तो शर्मा जी कार में बिठा लाये, अन्यथा अकेले आने की हिम्मत नहीं थी।' मैं जम्हाई लेकर बोला जैसे अभी बुखार आने वाला हो।

लेकिन ये क्या? 'राज़ भाई' तो जा चुके थे। मै अकेले ही बड़बड़ा रहा था। तभी एक लड़का मेरे हाथ में कॉफ़ी पकड़ाता हुआ बोला-'दादा ने भेजा है।'

मैं कॉफ़ी का डिस्पोजल लड़के के हाथ से लेकर सुड़कने हुये समझा-कॉफ़ी शायद तिलकराज ने भिजवाई है। भीड़ काफी हद तक छंट चुकी थी, लोग खा पीकर जा चुके थे। तभी सामने से शर्मा जी को सकुशल आता देख मुझे बेहद खुशी हुई कि चलो अब घर जा सकेंगे। लेकिन ये क्या? शर्मा जी खिंचे खिंचे चलें आ रहे थे, जबकि इन्हें दो नम्बर तमाखू के साथ किमाम चटनी वाला पान दबाकर मुस्कुराते हुये आना चाहिए था। किसी अनहोनी की आशंका से मेरा कमजोर दिल जोर-जोर से धड़क उठा। शर्मा जी गुस्से में लग रहे थे और उनका कोट का ऊपरी हिस्सा टाई समेत गीला लग रहा था।

कुर्सी का मोह त्यागकर मै उनके नज़दीक जाकर पूछा- 'क्या बात है शर्मा जी, आप परेशान लग रहे है?' और ये कोट कैसे गीला हुआ? क्या किसी ने छत के ऊपर से खड़े खड़े ही-?'

'चलिये गाड़ी में बतायेंगे।' वे मेरी बात पर खीझकर बोले।

मैं भी आज्ञाकारी अनुचर की तरह उनके पीछे-पीछे चल पड़ा, लेकिन कम्बख्त दिमाग अशांत होकर सोचने लगा-'क्या इसे भरपेट खाने को नहीं

मिला? फिर दिमाग ने पलटा मारा-नहीं, –ऐसा नहीं हो सकता? ये जुगाड़ू किस्म का आदमी है, दूसरे की प्लेट छुड़ाकर खा लेने वाला बंदा है। फिर दिमाग ने पाला बदला-तो फिर और क्या बात हो सकती है?कहीं ऐसा तो नहीं कोई नौजवां खूबसूरत मेम साहिबा मिल गई हों और उन पर इम्प्रेशन डालने के लिये उनके बच्चे को गोद में उठा लिया हो और बच्चा शर्मा को इंग्लिश टॉयलेट समझ कर सुस्सू या और आगे का काम कर बैठा हो, जिसे धोने में इसका कोट गीला हुआ हो।' हो सकता है बच्चू-ऐसा ही हुआ होगा। तेरे सोच में दम है-अरे, ऐसे मर्दों का क्या भरोसा? जो बगैर चिकनाई के ही फिसल जाते हैं।

'हा-हा-मज़ा आ गया।' अनिच्छा से अनजानी हँसी के साथ ये बोल मेरे मुँह से अचानक निकल गये। शर्मा जी पीछे मुड़े और मुझे घूरकर देखा-जैसे मुझसे बहुत बड़ी गुस्ताखी हो गई हो और डपटकर कहने वाले हों 'चोप्प' पर ऐसा उन्होंने कुछ नहीं कहा, अब कि बार मुझे वे बड़े दिल के इंसान जैसे लगे।

हम लोग कार पर अपनी-अपनी सीट पर आसन जमा चुके थे, इस बार बैक होने में कोई खास परेशानी नहीं हुई, थोड़ा बहुत आगे-पीछे, दायें-बायें करने के बाद मेन रोड में कार चढ़ गयी। हम घर की ओर चल पड़े थे।

मेरी साँसे बेतरतीब ऊपर नीचे हो रही थीं। जय हो बाबा रामदेव का जिन्होंने इस मुश्किल घड़ी से बचने का अचूक उपाय बताया है। 'लम्बी साँस लो...और लम्बी साँस लो। फिर छोडो-आराम से धीरे-धीरे।' मैं ऐसा ही उपाय अमल में लाता हुआ अभी तक जान बचाये रक्खा था। लेकिन और ज़ियादा सब्र करना हार्ट के हिसाब से ठीक नहीं लगा सो डरते-डरते पूछ लिया-'शर्मा जी बताइये ना आपकी नाराज़गी का सबब क्या है?

क्या बताये अनुज जी, अपना दाहिना हाथ अपनी गंजी खोपड़ी में फिराते हुये शर्मा जी बोले-आजकल के लौंडे कितने बेअदब हो गये हैं कि क्या कहें?कुछ कहते नहीं बनता-।'

इतना कहने के बाद वे खटारा बस की तरह बीच रास्ते में अटक गये। उन्हें दोबारा चालू करने के लिए धक्का देना जरूरी समझकर मैंने शब्दों का जोरदार धक्का दिया-(शब्दों में बड़ी ताकत होती है, एक जोरदार शब्द दस

हज़ार हाथी के बराबर बल रखता है।)

बेधड़क बोलिये शर्मा जी-'यदि आपके साथ कुछ गलत हुआ है तो हम कड़ा एक्शन लेंगे, चुप नहीं बैठ सकते, ईंट से ईंट बजा देंगे। पूरे घर की इमारत हिला देंगे, बाजा बिगाड़ कर रख देंगे।' (जबकि अपनी औकात मैं जानता हूँ दो चार लाइन की कविता बनाकर माइक के सामने गरज़ सकता हूँ, बस्स) फिर भी मेरा प्रहार खाली नही गया, शर्मा जी पूरे जोश में आकर सफेद बादल की तरह गरज़ उठे-

'कल का लौंडा! मुझे बोलता है-'कनछेदी अंकल! हमरा भी लेसन बनबाय दओ न।'

'फिर?' गियर बदलने वाला सांकेतिक सवाल मैंने कर दिया।

मैं कुछ नहीं बोला, परन्तु वो चुप नहीं हुआ, बोला-जित्ता खर्चा-पानी लगे, हम सब देबे। कन्छेदी अंकल! बस हमरा लेसन टरक चलाबे बाला बने का चाही।'

'ये किस जगह की घटना है?' मैंने अगला सवाल दाग दिया।

'अरे भाई, खा-पीकर पानी पीने गये थे। वो भी पानी पी रहा था, स्या ला।'

'फिर।'

'फिर क्या? मुझे ऐसा जोर का गुस्सा आया कि उसके गाल में एक थप्पड़ रसीद कर दिया।'

'वन्डरफुल'-आपने थप्पड़ मार दिया।'

'एस-मार दिया थप्पड़-चटाक से-वो भी कम नहीं निकला-पानी भरा गिलास मेरे सर में उड़ेल दिया।'

पिछली सीट में शर्मा जी का छोटा लड़का हँस पड़ा- ही ही ही ही..

'चुप कर पप्पू! पापा के कपड़े गीले हो गये है, और तुझे हँसी आ रही है।' शरमाइन ने पप्पू को डाँट दिया।

फटकार से पप्पू के साथ हम सभी खामोश हो गये, मैं भी मन ही मन खुश हुआ की चलो कनछेदी वाला मैटर शांत हुआ। लेकिन मेरी समझ गलत

निकली, शायद किसी तूफान के आने के पूर्व का सन्नाटा था।

'कितनी बार कहा है कि अपना नाम बदल लो, परन्तु मेरा तो कोई सुनता नही' शरमाइन बोली।

'नाम बदलवाना इतना सरल काम नहीं है, जितना तुम समझ रही हो, जाने कितने पापड़ बेलने पड़ेंगे।' शर्मा जी खीझकर बोले।

'कुछ करना भी नहीं है और कनछेदी कहने से चिढ़ते भी हो। कैसे काम चलेगा? उस लड़के का कोई दोष नहीं था जिसे तुमने थप्पड़ मारा, कन्छेदी ही तो बोला था। उसे मारना नहीं चाहिए था, गनीमत समझो उसने थप्पड़ का जबाब थप्पड़ से नहीं दिया, एक गिलास पानी ही फेंका।'

'तुम्हारा यार लगता होगा न, तभी तो इतनी तरफदारी कर रही हो।' शर्मा जी बुझे कोयले की तरह फिर से दगदगा उठे। खतरे को भाँपकर मैंने पानी डालना उचित समझ कर बोला-

'ये बहुत ही गम्भीर मुद्दा है, इसलिये उचित होगा सब लोग अभी शांत रहे, कल रविवार है, छुट्टी का दिन है, आप दोनों स्वयं इस मैटर पर गहन चिंतन करें, कोई सर्वमान्य हल जरूर निकलेगा। अभी शर्मा जी ड्राइविंग सीट में हैं हम सब की जिंदगी उन्हीं के हाथ में है। इसलिए इस मैटर को यहीं ड्रॉप करना उचित होगा।'

बुद्धि के देने वाले भगवान श्री गणेश का लाख-लाख शुक्र है कि सब शांत हो गये, हम सकुशल घर आ गये। सोचिये-गुस्से में आकर कन्छेदी लाल स्टेयरिंग छोड़कर नीचे कूद जाते, तब क्या होता? आज से मैंने कान पकड़ कर कसम खा ली है कि कनछेदी लाल के साथ दोबारा कार में बैठकर कहीं नही जाऊंगा-चाहे तिलकराज का तिलक हो या गोमती का गौना-।

लूज मोशन

(यह कोई व्यंग नहीं)

दो दिन पहले मुझे महा ज्ञान प्राप्त हुआ है, जिन्हें महा शब्द से एलर्जी हो वे सिर्फ ज्ञान मान कर चलें, कदम ताल ठीक जमेगा। घटना कुछ यूँ घटी-दो दिन पहले मैं बीमार हो गया। बीमारी कुछ स्पेशल नहीं, अमूमन इस बीमारी से सभी दो-चार हुये होंगे, कुछ रूबरू हुए होंगे। लेकिन इतनी साधारण भी नहीं, जरा सी गफ़लत से इस बीमारी के साधारण से असाधारण होते देर नहीं लगती है।

आइये इस मर्ज पर कुछ माथापच्ची की जाए, संक्षिप्त परिचय दे दिया जाए, ताकि सनद रहे और वक्त जरूरत काम आए। शहर के भाषा-विद या पढ़े-लिखे अंग्रेजी पसन्द लोग इसे 'लूज मोशन' गांव-देहात के लोग 'झरन, पेट छूटना' आयुर्वेद चिकित्सक 'दस्त' (उर्दू वाले चिंता न करें यह आप वाला दस्त नहीं है) और डॉक्टर इसे 'डायरिया' कहते हैं। लोग इसके होने की बजह पर आज तक एक मत नहीं हो पाए हैं। हो भी नहीं सकते, कोई अपने महाज्ञान को पराजित होते कैसे देख सकता है।

गाँव के नामी-गिरामी नाड़ी वैद्य (जिन्हें दो किलोमीटर दूर से नाड़ी की गति समझकर बैदी करने का खानदानी तजुर्बा हासिल है) 'पेट छूटने' के इस रोग के लिए बड़ी बजह पेट भर डकार के साथ भोजन-प्रसाद ग्रहण करने को मानते है। हमेशा गले की सतह तक खाने को मनाही करते हैं। परहेज बहुत कठिन है, दावत-निमंत्रण मिलते ही सारी हिदायत स्कूली बच्चों के सबक की तरह भूल जाती है। वहीं शहरी और पढ़े-लिखे नौकरी पेशा लोग, हुकूमत के नुमाइंदे 'लूज मोशन' के लिए पानी को दोषी मानते हैं। उनके चिकित्सक भी मश्वरा देते हैं-'भाई पानी छानकर पियो, उबाल कर पियो।' बैद्य लोग इस तर्क को सिरे से खारिज करते हुए कहते है-'भई! ये भी कोई बात हुई खाने का अंदाज़ा नहीं सेर पर डकार गये और सारा इल्जाम पाव भर के पानी के माथे मढ़ दिए। बैद्य जी पेट छूटने या झरन रोग को कभी गम्भीर नहीं मानते।

उनका मानना है, पेट का साफ होना बहुत जरूर होता है, बड़ी तकदीर

वालों का पेट साफ होता है। ज्यादातर लोगों का पेट चिता-मइया ही साफ करती है। हम तो मनुष्य हैं, जुलाब या 'विरेचक गोलियां' पेट की सफाई के लिए इस्तेमाल करते हैं, लेकिन कम्प्लीट सफाई कभी नहीं हो सकती, हमारे यहाँ कुत्ते भी सावन माह में घास चरकर यही क्रिया मुख मार्ग से करते है, क्योंकि वे कुत्ते हैं, उत्सर्जन के उचित मार्ग की जानकारी उन्हें नहीं है।'

'हमारे गांव के गुन्नू बैद्य जिन्हें राज-बैद्य होने का गौरव भी प्राप्त है, उनकी अलग फिलॉसफी है। वे कहते है पेट का सम्बंध मन से है–'जिसका मन साफ उसका पेट साफ।'

बहरहाल मुझे यह सब ज्ञान की बातें समझ से परे थी, जिस तबलची के जान पर बन आयी हो, वह तीन-ताल या झप-ताल बजाए या पहले अपनी जान बचाये। पड़ोसियों ने डॉक्टर एम.बी.बी.एस. को डबल फीस पर मेरे घर बुला लिया था, क्योंकि वे मुझे क्लीनिक तक नहीं ले जा सकते थे। डॉक्टर साहब आते ही मुँह और नाक पर सफेद मोजे चढ़ा लिए, मौजूद लोगों को कमरे से बाहर कर दिए फिर मेरे नजदीक आये। आते ही उन्होंने मेरी नब्ज टटोली, फिर फुसफुसाकर स्वयं से बोले–'नाड़ी चल रही है।'

'होश में हो??' उन्होंने इस बार मुझसे पूछा।

'अभी तो हूँ।' मैं पूरी ताकत लगाकर धीरे से बोला।

'जीभ दिखाओ।'

'दिखा दी।'

'नाक दिखाओ।'

'आंख दिखाओ।'

'दाँत दिखाओ।'

मैंने सब दिखा दिया। डॉ.साब फिर मेरे छाती की जाँच करने लगे। मुझे जोर से साँस लेने को बोले। मैंने जोर से साँस ली। इससे वे संतुष्ट नहीं हुये। और जोर से साँस लेने को बोले। मैंने मना कर दिया, क्योंकि और जोर से साँस लेने पर–। एक कहावत है, जिसका पेट खराब हो, उसे दादरा-ठुमरी नहीं गाना चाहिए, क्योंकि इसे गाने में जोर से साँस लेनी पड़ती है।

'यही कमी है, आप लोगो में, खुलकर जोर से साँस भी नहीं ले सकते।'

डॉ. साहब नाराज होकर बोले।

'डॉक साहब! साँस लेने या न लेने से मेरे इस बीमारी से क्या सम्बन्ध है?' हिम्मत जुटाकर मैंने पूछ लिया।

'है, हर बीमारी का सम्बंध साँस लेने से है, जो लोग कम या धीरे से साँस लेते-देते हैं, वे ज्यादा बीमार पड़ते हैं और छोटी आयु के होते हैं।'

डॉक्टर साहब महा ज्ञान प्रदान करने के साथ दवा-दारू करके चले गये थे। अब सबकी दुआओं से मेरी तबियत दुरुस्त है। जोर-जोर से साँस ले रहा हूँ, आपको यदि मेरी बात जमे तो आप भी जोर-जोर से साँस लेने की कोशिश कर सकते हैं।

जोगा

अजी चौकिये नहीं साहब-जोगा कोई नया शब्द नहीं है, बल्कि योग से योगा फिर योगा से जोगा में हुआ शाब्दिक तरक्की सूचक शब्द है। योग और योगा के बारे में अधिक लिखकर अपने आप को जानकर साबित नहीं करना चाहता, शायद हमसे कुछ ज्यादा ही पूरी दुनिया के इंसान, हैवान, भगवान, शैतान, पहलवान, नादान योग-योगा जानते हैं और अमल में लाते हैं। हमारे यहां तो कुत्ता बिल्ली तक योगा करते हैं। जन्म से लेकर मृत्यु तक योगा करना पड़ता है, तब कहीं जाकर साँस छूटती है। योग, योगा और जोगा तीनो शब्द समान भाव के है, हिंदी संस्कृति के जानकार 'योग' कहते है। वही इंग्लिश के जानकार शहर वाले इसे 'योगा' कहते है और गांव देहात वाले जोगा कहते है। तीनो में साँस रोकने, छोड़ने की हिदायत दी जाती है। हाथ पैर भी एक जैसा पटकना पड़ता है, यहाँ तक की सर्दी जुकाम में नाक का दुआर बन्द होने जैसे घनघोर संकट के क्षणों में नाक से साँस न खींचकर और जगह से भी साँस खींचने की सलूहियत है। जोगा का स्त्री-वाचक शब्द जोगी भी है। यह जोगा को अपने में समाहित कर लेने वाली स्थिति है। जोगी को देखकर यह पता नहीं चलता है कि वो साँस ले रहा है या नहीं ले रहा है। जोगी कब साँस ले ले और कब छोड़ दे, ये वही जाने। यह बहुत गम्भीर सब्जेक्ट है इस पर जिक्र फिर कभी। आज का विषय जोगा तक पहुँचने का ही है।

योगा गुरु बाबा रामदेव कहते है-'योग से आदमी की सेहत ठीक रहती है। भूख खुलकर लगती है।'

बड़ी सीधी-सरल सच्ची बात है, भूख खुलकर लगेगी , तो सेहत ठीक होगी, सेहत ठीक होगी तो घर ठीक रहेगा और घर ठीक रहेगा तो जीवन ढंग से बीतेगा। जोगा से लाभ ही लाभ हैं, जैसे किसी से लड़ना-भिड़ना पड़ जाये तो वगैर फिक्र के लड़ जाएंगे, थोड़ा बहुत पिट-पिटा गये तब भी कोई हर्ज नहीं,

क्योंकि भूख जो खुल कर लगती है, हफ्ते दस दिन में सब रिकवर हो जाना है। कुछ पुलिस कचहरी की झंझट जरूर आ सकती है, लेकिन चिंता करने की जरूरत नही है। कुछ ले दे के आजकल सब निबट जाता है।

कुछ नेगेटिव इफेक्ट भी हैं, लेकिन योगा को दोषी करार देना ठीक नहीं है, वल्कि योगा के फलस्वरूप लगी जोरदार भूख जिम्मेदार है। भूख लगने पर आदमी कुछ ज्यादा खा जाता है। ऐसे आदमी के लिये पर्याप्त भोजन प्रसाद की जरूरत पड़ती है। खुदा-न-खास्ता भोजन की पर्याप्त व्यवस्था न हो पाने पर आदमी कुछ एडिशनल वर्क कर बैठता है, जिसे पढ़े-लिखे कानूनी लोग गैरवाजिब करार देते हैं। समझदार किस्म के लोग तो इसे अपराध निरूपित करते हैं। इन्हें कौन समझाये कि वो आदमी बिलकुल दोषी नहीं, वल्कि उसकी भूख जिम्मेदार है, उसी ने सब कराया हुआ है। भूखा आदमी कुछ भी कर सकता है।

यदि बात की तह में जायें तो साफ है कि योग या योगा किसी गुरु या जानकार से सीखना चाहिये, और अपनी औकात अनुसार योगा करना चाहिये। योगा की खुराक बिलकुल संतुलित होनी चाहिये, कमोबेश नहीं। ज्यादा योगा करने से ज्यादा भूख लगेगी, ज्यादा भूख लगने से जेल की हवा भी खानी पड़ सकती है। कम योगा करने से जल्दी और ठीक-ठाक फायदा नही मिलेगा, फ़िजूल में योगा को बदनाम करेंगे कि योगा से हमें फायदा नहीं मिल रहा है। भूख भी पहले की तरह लगती है। सब बकवास है। इसलिये ये सिद्ध हो गया है कि बैलेंस्ड योगा से ही बैलेंस भूख लगेगी, बैलेंस सेहत बनेगी। योगा की खुराक कुशल वैद्य की तरह कोई योगा गुरु ही तय कर सकता है। ऐसा नहीं है कि तीस साल के जवान आदमी के बराबर साठ साल या सत्तर साल का भी व्यक्ति योगा करे। दोनों की डोज अलग-अलग होगी, जो योगा टीचर ही तय कर सकता है।

आप भी सोच रहे होंगे कि कहाँ की बात कहां ले गये, 'जोगा' बताने चले थे लेकिन योग-योगा पर कलम घिस रहें हैं, ठीक आजकल के कथा वाचकों की तरह जो कथा की शुरुआत में कहेंगें 'आजकृष्ण जन्मोत्सव' के पावन प्रसंग का रसास्वादन करेंगे, लेकिन गली भटक कर रास लीला पर उतर आते हैं। ऐसा नहीं है-मैं अब डायरेक्ट 'जोगा' पर आता हूँ। वैसे पहले बताया जा चुका है योग, योगा और जोगा तीनों एक ही चीज हैं।

दरअसल मेरे गांव की बोली में 'य' अक्षर अभी घुस नही पाया है, या यूँ कहें कि 'य' अक्षर हमारे गाँव आकर 'ज' में मर्ज हो गया है। इसलिये 'य' की जगह 'ज' की दादागीरी चलती है, इसी से काम चलता है। मिसाल वतौर

यद्यपि को जद्यपि, यजमान को जजमान, यतन को जतन, यथा को जथा। ठीक इसी तर्ज में योगा भी पढ़े लिखे शहर से जब गांव की पगडंडी, मेड़, खेत खलिहान में उतरा तब से यह योगा से 'जोगा' हो गया। यानी योगा शब्द जोगा में मर्ज हो गया।

अब और ज्यादा खुलासे के लिये आइये अपने गांव चलते है, हमारा गांव कोई पिछड़ा गांव नहीं है, सरकारी रिकॉर्ड में आदर्श ग्राम 'तोलनपुर' दर्ज है। इस नाम के पीछे भी बूढ़े लोग एक कहानी बताते है, कभी चार साल लगातार सूखा पड़ा तब गाँव के मुखिया एवं बड़े किसान दद्दा पटेल ने अपना सारा अनाज गांव वालों को मुफ्त तौल दिया था। इसलिए उनके सम्मान में गांव का नाम बदलकर तोलनपुर रख दिया गया। ये आदर्श गाँव है घर-घर शौचालय बन गये हैं। सड़क, पानी, बिजली, और प्राइमरी स्कूल तथा अच्छे हेल्थ की नियमित चेकअप हेतु छोटा ही सही किन्तु अस्पताल है।

और क्या चाहिये? ये अलग बात है और गांव वालों का मूड है कि किस चीज का किस तरह से इस्तेमाल करें, जैसे शौचालय में घर के कबाड़ रखना, सड़क किनारे पालतू पशुओं को बांधना, ताकि उन्हें भी मल त्याग के लिये पक्की जगह तो मिले। अब फिर मुझ पर आरोप लगेगा कि जोगा की बात करने चले थे लेकिन इधर-उधर की हांकने लगे। यकीन मानिये मै जोगा पर ही हूँ, उसकी इतनी शाखाये है कि विस्तार से बोलने लगे तो उमर गुजर जाये।

हम गाँव वाले हैं, चलने-फिरने और साँस लेने तक में जोगा का इस्तेमाल करते हैं। अभी पिछले महीने की बात है, शिक्षा विभाग के एक स्कूल निरीक्षक हमारे गांव जोगा की संभावना तलाशने आये हुये थे। उनके और गांव की महिला सरपंच बैजन्ती बाई के बीच हुई बात चीत के मुख्य अंश आपको सुनवाता हूँ-

'आदरणीय सरपंच साहिबा! आपके गाँव को आदर्श गांव का दर्जा मिला है, कुछ जानकारी के लिए मै स्कूल इंस्पेक्टर उदय सिंह आपके गांव आया हुआ हूँ। मेरा पहला सवाल आपसे ये है-

'शौचालय तो गाँव में घर-घर बना है, लेकिन लोग इस्तेमाल क्यों नहीं करते हैं?

'साहब, इसके कई कारण हैं- हम दोई कारण बताय रहेन आपको। पहिल तो जे है, लेट्रिन एक बनो है, घर में पाँच छै अदमी से कम किसी घर में नईं है, सुब्बे एक साथ सबका पेट दरद मारत है, सब अदमी एक साथ कइसे जाय। आपय बताओ साहब-मान लो जे कोई बात नईं पर इत्ता पानी कहाँ मिले, बेशोकम आठ लीटर पानी तो एक अदमी को चहिए ही चहिए। इत्ता पानी कुएँ से खर्च कर देंगे तो गरमी में पियेंगे का?'

'दूसर कारन एक और है- जो टेक्निकुल है, गांव वाले हाथ में लोटा लेकर जब कुछ दूर चल लेते हैं, तभी उनका पेट पेसर मारता है। अब बोलो साहब- हमें कोन जगह आराम है। और भी कई लाभ हैं। शहर वालों की तरह हमें अलग से मोनिंग वॉक नहीं करन पड़ते। खेती-किसानी की देख-रेख भी कर आते है। दोई चार जने गांव वाले मिल गये तो आपस में जयराम जी, दुआ सलाम भी होइ गया, एक दुसरे के कुशल क्षेम होइ गया। किसकी भैंस गुम गयो, किसकी औरत भाग गई, किसकी दाई मर गई, किसका लड़का दारू पीअन लाग। केखर बिटिया आन जात के साथ भाग गई। जे सब लेट्रिन को जब सकन्ने खेत जात हैं, पता लग जात है।'

'आप गांव की सरपंच है, मुखिया है, लोगों को समझाइस क्यों नहीं देती कि बाहर शौच के लिए नहीं जाना चाहिये। प्रदूषण फैलता है, फिर बीमारी फैलती है, लोगो की सेहत बिगड़ जाती है। सरकार भी बाहर शौच क्रिया करने को लेकर बहुत चिंतित है। सरकार की मंशा है शौच का काम घर में किया जाये। घर से बाहर साफ रखा जाये।'

'अरे साहब, सरकार केर मति मारी गई लगत है। जोन काम घर बाहर करबे होत है उसे घर भीतर कैसे करबे होई? आप साहब लोग सरकार को समझाबे काहे नाहीं। जे सब कागज मे ठीक लगत है, फिल्ड में नाहीं, सेहत प्रदूषण के बात न करा आपके शहर से हमरा गांव जियादा साफ है। रही सेहत-तंदुरुस्ती की बात तो गांव वालेन का शहर वालेन से लड़ाय देखा, एक पटखनी में दिन में तरई देखाय देंगे, शहर के लोगन का।'

'ओके-ओके, मैडम जी शुक्रिया-इस मैटर को अभी ड्राप करते हैं।' अधिकारी परेशान होकर बोला।

'साहब अपना परिचय नही दियो, घर तरफ चलो- कुछ चाय- साय कर

लो। फिर इतमिनान से बात करिबे।”

‘नही मैडम जी, जरा जल्दी में हूँ, फिर कभी चाय पी लेंगे। दरअसल सरकार की योजना है कि बच्चों को शुरू की कक्षा से ही योगा की जानकारी दी जाये, जिसके लिये योगा टीचर अलग से स्कूल में रखे जाएं। इसी के सर्वे करने आया हूँ। क्या आपकी नजर में गांव में ऐसा कोई आदमी है जो योगा सिखा सके।’

‘अच्छी जोजना है, लेकिन मेरी समझ से जोजना शहरी स्कूलन से चलाना उचित होगा, इधर गांव में तो जब से बिहान होत है तब से लेकर रात खटिया मिलय तक जोगा चलत है। जोगा तो हमरा खून में है, साहब, उआ देखो-ऊ एक चड्डी पहिने लड़िका कैसन मस्त खेल रहो है, कोई शर्दी-ठंडी की चिंता नाहीं- अउर एक आप हैं- कोट-पेंट अउर टोपा जकड़े हैं, फेरव आप जाड़ा महसूस कर रओ।’

‘सरकारी योजना है मैडम, पाँच हज़ार रुपये हर महीने मानदेय भी मिलेगा। देख लीजिये-आपके गांव-टोले में पढ़ा-लिखा कोई लड़का हो तो आवेदन करवा दें, किसी का भला हो जायेगा। सरकारी नौकरी है, बाद में पक्की होने के फुल चांस हैं।’ स्कूल इंस्पेक्टर उदय सिंह ने बताया।

‘अरे वाह! सरकारी नौकरी है-तनखा भी है।’

बैजंती बाई की शातिर आँखे खुशी से चमक उठी, बैजंती ज्यादा पढ़ी-लिखी तो नही थी लेकिन तीन साल से सरपंच रहते हुए पढ़े लिखे लोगो की चिकनी चुपड़ी सुन-देख कर वह भी चतुराई में किसी से उन्नीस नहीं थी। खूब बातें करना सीख गई थी। वह स्कूल इंस्पेक्टर से बिलकुल सटकर खड़ी हो गई और कान के करीब मुँह करके फुसफुसाकर बोली-

‘साहब मेरा बड़ा लड़का शहर में पढ़ रहो है। इसी साल बी.ए. फाइनल में गओ है, वो जोगा करना जानता होगा। कुछ जुगाड़ करा दो न। सेवा में कोई कोर-कसर न रहन दूँगी। हर तरह से-जैसन आप चाहोगे।’

और उस स्कूल इंस्पेक्टर ने जबाब में क्या कहा होगा, मुझे मालुम नहीं, मतलब भी नहीं, लेकिन ये पक्का है, सरपंच साहिबा का लड़का अब जोगा मास्टर हो जायेगा। अब हमारे गांव के स्कूल में भी जोगा सिखाया-बताया जायेगा, अब हमारे देहाती जोगे को शायद हटा दिया जाये। बापू कहते थे देश

की आबादी का अस्सी फीसदी हिस्सा गांव देहात में है। इसलिए सरकार की गाँवो के प्रति चिंता जायज़ है। गांव की सेहत ठीक नहीं रहेगी तो देश की सेहत भी ठीक नही रहेगी। इसीलिये आधुनिक जोगा की पढ़ाई अब स्कूल में कराई जाएगी। हम गांव वालों का खानदानी जोगा सरकार ने खारिज़ कर दिया है। ठीक है, लेकिन मेरा भी दावा है पुराने तरीके वाला भी जोगा चलेगा। भले नया वाला जोगा क्यूँ न आ जाये, उसे पुराने वाले से तालमेल बिठाकर चलना पड़ेगा। अन्यथा दंगा फसाद हो सकता है।

तन्वंगी कौन??

श्री श्री १००८ स्वामी गूगल देव जी के कमलवत श्री चरणों मे कविराज का कोटिशः नमन।

'कहो भक्त-कैसे आना हुआ??'

'स्वामी आपके फेसबुक से लाइक-कमेंट की सुविधाएं मुझ गरीब तक आनी बन्द हो गयी हैं। घोर निराशा के मकड़जाल में मन उलझ गया है। स्वामी, लेखन बंद नहीं कर सकता हूँ, क्योंकि दूसरा कोई काम आता नहीं है। कृपा निधान, कृपा कीजिये, अन्यथा मृत्यु सम्भाव्य है।'

भक्त की दीन-हीन दशा गूगल देव से देखी नहीं गयी, वे आँखे बंद कर अदृश्य में कुछ सूत्र तलाशने में लग गए, कुछ पलों के बाद उन्होंने आँखें खोली और भक्त से पूछे...

'तन्वंगी कौन है??'

'तन्वंगी??'

'अरे! वही कोमलांगी स्त्री, भई! हिंदी का नॉलेज कोरेक्ट करो। हिंदी की समझ कमजोर लगती है, तुम्हारी।'

'देव! मैं किसी थनवंगी को नहीं जानता।'

'विफोर हिंदी कोरेक्ट बोलो। तन्वंगी-नॉट थनवंगी।'

'जी देव! वही-वही..उसे बिल्कुल नहीं जानता।' कविराज गिड़गिड़ाकर बोला।

'झूठ..झूठ प्योर हंड्रेड परसेंट झूठ।

'देवाधिपति देव...मैं बिल्कुल सत्य बोल रहा हूँ। आपके सामने किसकी मजाल है, जो झूठ बोले।'

'ओके-ओके-वट मेरी साइट में वह नवयुवती क्यों आ रही है, कविराज?'
'नहीं-नहीं देव-मैं प्योर पत्नीव्रता हूँ। अन्य स्त्री से मेरा स्वप्न में भी सम्बंध नहीं है। कृपा करके धीरे बोलिये। मेरी पत्नी आन-लाइन है-सुनेगी तो गजब हो जाएगा।' चारों तरफ नज़र घुमाकर कविराज बोला।

'नो झूठ, कविराज, गूगल देव की नजर में हर भक्त वस्त्रहीन है। मुझसे कुछ छिपा नहीं है। ओके, मत बताओ वट-लाइक, कॉमिन्ट वाली कृपा उसी ने रोक रखी है।'

'त्राहि मामू देव, वयं रक्षामि, कोई उपाय बतलाइए।'

'हा-हा-हा-हा वेरी सिंपल-उसकी फोटू अपनी कविता के साथ चेंप दो, काम हो जाएगा।'

'जी, देव। चरण स्पर्श-बहुत-बहुत-बहुत बड़ी मेहरबानी कविराज पर। 'विजयी भव वत्स!'

सेठ जुगाड़ीलाल

सेठ जुगाड़ीलाल तकरीबन अस्सी साल पहले ही देह त्याग कर चुके हैं, आज जो जीवित बचे हैं, वे उनके नाती-पोते होंगे। परन्तु उस गाँव की पहचान उन्हीं के नाम से आज भी है। जो भी नया आदमी गाँव आता है, वह उनके घर की देहरी कचरे वापस जाना पाप समझता है। यूँ तो मालुम नहीं, उनका नाम जुगाड़ीलाल कैसे पड़ा। किसी ने शोध भी नहीं किया, यही तो कभी है, आजकल के शोधकर्ताओं में- काम तो सभी का जुगाड़ से चलता है, लेकिन जुगाड़ू विद्या के जनक सेठ जुगाड़ी लाल को कोई नहीं जानता, कोई जाने भी क्यों? क्या पड़ी है, जानने की? सब अपने में मस्त है, जब फँस जायेंगे तो दाँत निपोरे चले आयेंगें- 'दादा कोई जुगाड़ करो।'

हम भी अब खाक जुगाड़ करें, इस लायक अब मेरा दिमाग नहीं चलता है, हम भी अब कैसे बतायें की हमारी जिंदगी भी जुगाड़ के दम पर किसी तरह सरक रही है।

यूँ तो हमारे मुल्क के बच्चे-बच्चे में जुगाड़ का थोड़ा बहुत इल्म है, क्योंकि वे अस्पताली जुगाड़ के बल-बूते ही इस फ़ानी दुनिया में पहला कदम रखते हैं। बड़े होकर यही दूसरे के जुगाड़ को कम मानते लगते है, जुगाड़ से जुगाड़ की ईर्ष्या-अफ़सोस। शायद यही वजह रही कि जुगाड़ विद्या के महान ज्ञाता सेठ जुगाड़ीलाल को सब भूल गये हैं।

मैं नहीं भूला हूँ-न सेठ जुगाड़ी लाल को न उनके नाती टुन्नू को। जब मैं चार साल का हुआ तब मेरी नानी मेरा कान पकड़ कर पहली बार स्कूल ले गई, और मास्साब से बोली....'मास्साब! इसका नाम लिख लो, घर में दिन भर शैतानी करता है। कम से कम स्कूल में रहेगा तो दो चार घण्टे ही सही, चैन की सांस ले सकूँगी।' (हम ननिहाल में ही पले बढ़े है)

'कितने साल का है?' अपनी टेढ़ी छड़ी को कोने में टिकाते हुये मास्साब ने पूछा।

'ये तो मुझे ठीक-ठीक पता नहीं है, लेकिन जिस साल सूखा पड़ा था और भादों महीने में धूल उड़ रही थी, उसी साल के उसी महीने में ये हुआ है।'

नानी ने बताया।

'हूँ! देखने से तो सात साल से कम का नहीं लगता।' मास्साब ने देखकर ही मेरी उम्र तय कर दी।

'इसका नाम बताओ, क्या लिखना है?' मास्साब रजिस्टर खोलते हुए बोले।

'अभी तो हमने इसका कोई नाम नहीं रखा है, इसीलिये आप के पास आई हूँ आप ही कोई नाम सोचकर रख दो।'

'इसका नाम रामानुज लिख दें तो कैसा रहेगा?' गहन सोच-विचार और गहन चिंतन-मनन के बाद प्रसन्न चित होकर मास्साब बोले।

'आप जो भी लिख देंगे, ठीकई होगा-लेकिन रामानुज का मतलब बता दीजिए?

'देखो अम्मा मुझसे कोई सवाल नहीं? हीरामन मास्साब को पूरा इलाका जानता है, उनसे सवाल पूछने की हिम्मत किसी में नहीं है। आप कैसे पूछ बैठीं? जाओ मै कुछ नहीं लिखता। आप किसी से इसका नाम, इसके बाप का नाम, पैदा होने का साल, साफ-साफ लिखवाकर लाओ, तभी स्कूल में दाखिला मिलेगा।' हीरामन मास्साब नाराज होकर बोले।

मास्साब की बड़ी-बड़ी मूँछें रेलगाड़ी की सिग्नल की तरह नीचे गिर आयी थीं। लोग कहते थे-यदि हीरामन मास्साब के मूँछें मुँह को ढँक लें तो समझिए वे सख्त नाराज हैं और वे तीन दिन तक ऐसे ही रहेंगे। इस हालत में वह किसी का मामूली काम तक नहीं करते।

नानी उनकी नाराज़गी समझ गई थी। वह मुझे घसीटते हुए घर की तरफ चल पड़ी। रास्ते में बड़बड़ा भी रही थी-चार आने की नौकरी का मिल गई... बड़ा घमंडी हो गया। पूछने से उसका बाप चढ़ आता है-हुँह-मुच्छड़ कहीं का। दूसरी स्कूल नहीं है, नहीं तो नासपीटे का मुँह ही न देखती-अरे नाम का मतलब ही न पूछा था?

'नानी! मुझे तो लगता है, मास्साब को 'रामानुज' नाम का अर्थ नही पता, नहीं तो जरूर बताते।' मैंने कहा।

'अरे चुप्प कर, बड़ा आया मास्साब का पक्ष लेने वाला, जब रामानुज

का मतलब नहीं जानता है, तब काहे की मास्टरी करता है। तुमें पता नहीं, पूरे गाँव में कोई पढ़ा लिखा नहीं है, अब किससे कागज लिखवायें?

'सेठ जुगाड़ीलाल के घर चलो नानी, कोई न कोई तरकीब निकाल ही लेगा उनका नाती टुन्नू।' मैंने सुझाव दिया।

नानी को मेरी बात जम गयी, वह मुझे खींचती हुई सेठ जुगाड़ी लाल के घर तरफ चल पड़ी। रास्ते में एक तालाब पड़ता था , जो बारहों मास पानी से लबालब रहता था। तालाब देखकर मेरे पेट में मरोड़ होने लगी। मैंने नानी को बताया, वह तुनग कर बोली-

'तेरी चाल समझ रही हूँ, लेकिन इतना याद रख कोई बदमासी की तो जमकर पिटाई करुँगी।'

'मैंने हाँ में सर हिलाया और तालाब की मेड के उस पार भाग गया। जल्दी से पेट की ऐंठन शांत की और नानी के पास लौट आया। तालाब में फूली कुमुदनी को देखकर तोड़ने का जी ललचाया जरूर था, पर क्या करता, नानी दूर से सब देख रही थी।

जब हम लोग सेठ के घर पहुँचे, सेठ जुगाड़ीलाल का नाती 'टुन्नू' घर के बाहर ही अपने पुराने डीजल पम्प का अस्थिपंजर खोले मिल गया, ये उसका पम्प भी अद्भुत है, कहते है पच्चीस साल से यह पम्प नाले का पानी पीकर खेत में उगल रहा है नानी ने टुन्नू को पूरी बात बताई, जिसे सुनकर वह हवा में हाथ नचाकर बोला-'काकी! कल आप इसे तैय्यार कर मेरे साथ स्कूल भेज देना, नाम लिख जायेगा।'

दूसरे दिन मै टुन्नू चाचा के साथ स्कूल गया, सेकंडों में मुझे स्कूल में दाखिला मिल गया, लौटते वक्त मैंने टुन्नू चाचा से पूछा-'चाचा! आपको तो मास्साब कुछ बोले नहीं-बड़ी आसानी से मेरा नाम लिख लिये।'

'बेटा! 'सब जुगाड़ से काम होता है।'

'ये जुगाड़ क्या होता है चाचा, कहीं आपके डीजल पम्प की तरह तो नहीं??'

'नही रे, जुगाड़ ....जुगाड़ होता है, तू अभी बच्चा है, बड़े होने पर सब समझ जायेगा।'

सचमुच ईमानदारी से आपको बताऊँ मुझे आज तक जुगाड़ समझ नहीं आया, इसीलिये मै तरक्की नहीं कर पाया, चालीस साल से बस कागज रँग रहा हूँ, काश टुन्नू चाचा मुझे भी जुगाड़ सिखा देते, तो आज मेरी यह दुर्दशा न होती। सिखाते भी कैसे- वे ठहरे खानदानी जुगाड़ी, और कोई भी उस्ताद मुझ जैसे 'ऐरे गैरे नत्थू खैरे' को जुगाड़ का इल्म भला कैसे बता दे।

जीवित लोगो में से किसी ने सेठ जुगाड़ीलाल को देखा नहीं था, लेकिन उनके किस्से कारनामे गांव में हर आदमी को रामायण की चौपाईयों की तरह याद हैं। ये उस टाइम की बात है जब बिजली नाम की चिड़िया सिर्फ शहर में राजा-महाराजाओं की कोठियों में पाई जाती थी, धन्य थे शहर वाले जो यदा-कदा बिजली रानी के दीदार पा जाते थे। गाँव वालों की तकदीर में ये स्वर्गीय आनन्द कहाँ? वे तो बेचारे रात के अँधेरे में चोर की तरह गर्भ में आते, जन्म लेते और अंधेरे में ही मर जाते थे। गाँव वालों के पास केवल मिट्टी के तेल से ही दिया जलाकर रात में उजाला करने का एक मात्र साधन था।

हमारे देश में कई प्रकार के अकाल पड़ते रहे हैं। कभी पानी का अकाल, कभी नमक मिर्च का अकाल तो कभी प्याज़ का अकाल तो कभी मिट्टी के तेल का अकाल लेकिन हम ठहरे जुगाड़ विद्या के जानकर हर अकाल की दुम पकड़कर उसे पटखनी देना जानते हैं।

तो साहब, एक बार मिट्टी के तेल की भारी किल्लत पड़ी, कान में डालने तक को तेल नहीं रहा, किसी घर में। शाम होते ही पूरे इलाके को अँधेरा लील जाता था, महिलाओं के सामने बड़ा अभूतपूर्व संकट आ गया, बेचारी रोटियाँ तो किसी तरह जली-कच्ची बना लेती थीं, लेकिन रोटी परोसने में भारी चूक कर जाती थीं। दादा जी को रोटी देने की बजाय बैल के आगे रोटी रख आती थीं। दादा जी अलग भुनभुनायें, अरे बहू! रोटी क्यों नहीं दे रही हो? यदि किसी से ऐसी चूक न भी हो तो दादा जी को खाने में भारी तकलीफ-रोटी का कौर कभी कान तरफ, कभी नाक तरफ। कहीं लोटा नहीं मिल रहा, कहीं थाली नहीं मिल रही। सोने को दादा जी सथरी में जाएं तो पता चले पहले से ही स्वान देवता आराम फरमा रहें हैं।

गाँव वालों ने आपस में नीम के पेड़ के नीचे मीटिंग की। कुछ देर की मन्त्रणा के बाद यह तय हुआ कि सेठ जुगाड़ीलाल के घर चलकर उन्हें समस्या

बताई जाये, उनके पास से कोई न कोई उपाय जरूर निकल जायेगा।

सेठ ने गांव वालों की समस्या गम्भीरता से सुनी फिर घर के पिछबाड़े से एक गट्टर सनकटैया उठा लाये, फिर सब को पांच-पाँच सनकटैया पकड़ाते हुये बोले-'लो, जब खाने लगो तो एक आदमी जलाकर रौशनी दिखायेगा, इसी तरह से एक-एक करके सब लोग खाना खा लेना, बिस्तर ठीक कर लेना, जब जरूरत न समझो तब बुझाकर अगले दिन के लिए हिफाज़त से रख लेना। ये हफ्ता भर के लिए है, जब चुक जाये इधर आकर ले जाना।'

तो ऐसे पुण्यात्मा और जुगाड़ू इल्म के धनी थे सेठ जुगाड़ी लाल।

गाँव से बाहर एक पहाड़ी नाला बहता था, गर्मी के दिनों में तो गाँव वालों की तरह सूखा रहता था, लेकिन बरसात के दिनों मे-आश्चर्य, यही नाला हिन्द महासागर की शक्ल ले लेता था। लोगों का बाहर आना-जाना बंद, कई गर्भवती महिलाएँ और बीमार अकाल मौत मर गये, क्योकि नाला पार करके ही अस्पताल जाया जा सकता था, दूसरी और कोई गली तो थी नहीं। सेठ जुगाड़ीलाल से यह तकलीफ देखी नहीं गयी। वे बेहद रहम दिल इंसान थे। उन्होंने गांव वालो को नाले के किनारे इकट्ठा किया और बोले इस सूखे महुआ के पेड़ को काटकर रस्सी के सहारे नाले के उस पार गिरा दो। लोगो ने ऐसा ही किया देखते ही देखते लकड़ी का पुल बन गया, जो काम आज तक सरकार नही कर पाई, सेठ के जुगाड़ ने घण्टे भर की मेहनत से कर दिखाया।

सेठ जुगाड़ीलाल के बहुत से किस्से हैं, लिखने लगें तो कलम स्याही कम पड़ेगी, लेकिन एक किस्सा ऐसा है, जिसे सुनाना बहुत जरूरी है। ये बाकया उस समय का है जब सेठ जी बूढ़े हो गये थे, आना-जाना कम कर दिए थे। हुआ यह कि सरकार ने इस नाले पर पुल बनाने की सोची, जिसके पावों में एक घुमावदार पाइप डालनी थी, और उस पाइप के भीतर एक तार डालना था। कोई भी इंजीनियर उस पाइप में तार नही डाल पाया, तार आगे जाकर फँस जाता था। तभी हमारे गाँव का तमाशबीन सुख्खू जो अपनी सूखी निर्बल काया के चलते किसी काम लायक नहीं था लेकिन पहुँच हर जगह जाता था, इंजीनियर साहब के पास आकर बोला-'साब! आप सेठ जुगाड़ीलाल को बतायें, तार डालने का काम वे कर देंगे।'

'जब हम लोगो का दिमाग काम नहीं कर रहा है, तब तेरा सेठ कैसे

तार को आर-पार करेगा?' इंजीनियर ने सुख्खू को डांट दिया।

'क्यों डांटते हो इसे, आखिर हर्ज़ क्या है, जुगाड़ीलाल को बुलाने में? न जाये तार तो न जाये-हम भी तो देखें वह क्या करता है? सयानी अक्ल वाला दूसरा इंजीनियर बोला, फिर सुख्खू से कहा कि जाओ बुला लाओ अपने सेठ को।

सेठ जुगाड़ीलाल लाठी टेकते हुये आ गये थे। उन्होंने बन रही पुल, उस टेढ़े पाइप और दोनों इंजीनियर को गौर से देखा फिर सुख्खू से बोले-'जाओ हमारे घर से एक दुबला पतला लेकिन फुर्त चूहा पकड़ लाओ।'

सुख्खू चूहा ले आया, सेठ जुगाड़ीलाल ने पहले चूहे के पूँछ में एक मजबूत कोमल धागा बांधा, फिर धागे से उस तार को बांधा जो पाइप होल में डालना था, फिर चूहे को पाइप होल में छोड़ दिया। चूहा टेढ़ी-मेढ़ी पाइप की गली घूमता हुआ उर पार हो गया, इस तरीके से सभी पाईपों में तार डाल दिये गये।

दोनों इंजीनियर बेहद खुश हुये, उन्होंने सेठ जुगाड़ीलाल के जुगाड़ की बहुत तारिफ की, यहाँ तक की ब्रिटिश हुकूमत को भी लिखित जानकारी भेजी। वे इंजीनियर ईमानदार थे। आज की तरह के नहीं कि दूसरे के अच्छे काम का श्रेय खुद ले लें। फलस्वरूप सेठ जुगाड़ीलाल को ब्रिटिश हुकूमत ने हेडक्वार्टर बुलाकर ग्यारह रूपये नकद और एक गुलाब का ताज़ा फूल भेंट कर सम्मानित किया।

तो ऐसे थे सेठ जुगाड़ीलाल। आज वे हमारे बीच नहीं है, लोग तो यहाँ तक कहते है कि उन्होंने जुगाड़ से ही शरीर छोड़ा था। आज अपने मुल्क का हर आदमी जुगाड़ी है, सेठ जुगाड़ीलाल का जुगाड़ हर आदमी के खून में रचा-बसा है। सियासत और पूरी हुकूमत जुगाड़ से ही चल रही है। सरकार जुगाड़ से बनती है और जुगाड़ से गिराई भी जाती है। जुगाड़ के दम से ही डॉक्टर, बनते है, कवि-लेखक बनते है, जुगाड़ू कविता, आलेख तो हर कोई सुने होंगे। मंत्री से लेकर सन्त्री तक जुगाड़ के दम पर बनते और बिगड़ते हैं।

जुगाड़ बहुत ऊँची इल्म है, सदुपयोग से कई रचनात्मक कार्य किये जा सकते हैं, किंतु दुःख की बात यह है कि आजकल जुगाड़ का इस्तेमाल गलत हो रहा है, कोई बड़ी मशक्कत और जुगाड़ से घर बनाता है तो वहीं कोई

दूसरा भी जुगाड़ से घर गिराने की कोशिश करता है।

ये मेरी समझ में बहुत गलत है, कोई फर्राटे ले रहा है तो लेने दो, पीछे से लगड़ी मारकर गिराने का जुगाड़ मत करो। यह आलेख, कथा–कहानी जो भी नाम दें, मैंने जुगाड़ से ही तैयार किया है, इसलिये आलोचकों से क्षमा चाहता हूँ। सिर्फ इतनी चाहत है कि सेठ जुगाड़ीलाल के जुगाड़ को और प्रचार– प्रसार दिया जाय, जिससे हर नागरिक लाभान्वित हो और पूरा देश तरक्की करे।

अथ श्री आत्मज्ञानम

कई दिन बीत गए हैं, आत्म ज्ञान प्राप्त किए, यूँ कहिए कई दिनों से आत्मज्ञान का बोझ उठाए घूम रहा हूँ। बताना जरूरी है अन्यथा पेट का हाज़मा बिगड़ने की सौ फीसदी संभावना है। मैं अकेला नहीं हूँ-बड़े-बड़े आत्मज्ञानी, तत्वदर्शी, शूक्ष्मदर्शी लोग अपने बीच मे हैं, जिन्हें बहुत पहले से ये ज्ञान मिला हुआ है। जो इस महाज्ञान से वंचित हैं, उन्हें कतई मायूस होने की जरूरत नहीं है। उन्हें शीघ्र ही डबल-प्लस मिलने जा रहा है। इंतज़ार में जो आनन्द है, मिल जाने में नहीं हैं। मेरे इस फ़लसफ़े को समझने की कोशिश करें।

आज कुछ यूँ घट गया-मीटिंग थी सठियाये हुये पढ़े-लिखे लोगों की। आम धारणा है कि मेरी तरह के सठियाये लोग मीटिंग के सिवा और कुछ नहीं कर सकते। वे अज्ञानी लोग हैं जो ऐसा सोचते हैं। सिक्सटी प्लस के लोग क्या नहीं कर सकते हैं? पूरे देश को हिला सकते है, हिलते हुये देश को 'थम' का फौजी कासन दे सकते हैं। हमारी मीटिंग माह के दूसरे शनिवार को विगत चार साल से हो रही है। बजरंगबली की ऐसी कृपा है कि मौसम कैसा भी रहे, मीटिंग जरूर हुई है।

आज मैंने स्वयं देखा के वे लगभग साढ़े तीन बजे आये थे, मीटिंग का मुआयना करने। फांसी पर लटके चार पंखों के चूँ..चूँ..सूं-सूं.. सरर..सरर की मधुर ध्वनि से मैं समझ गया था कि पवन-पुत्र आज 'सरप्राइज विजिट' में हैं। हम भी कम समझदार नहीं थे, उनके खैरमकुदम में पूरी की पूरी राम कथा बांच गये-सूर्पणखा की नाक से लेकर शबरी की दौरी में रखे जूठे वैर तक बस्स। प्रभु राम के वैर खाने के विषय में खामोशी अख्तियार करना अपनी चूक नहीं है। एजेंडे में यह विषय शामिल नहीं था, एजेंडे के सम्मान के आगे नतमस्तक रहे, जुबां खामोश रखे। वैसा मेरा जरा भी बस चलता तो श्री राम को सरयू पार उतार कर ही दम लेता। काम ज्यादा मुश्किल नहीं था, बस केवट को जोश दिलाना भर था। और ऐसे काम के लिए मुझ जैसे आत्म-ज्ञानी चौंपियन होते हैं। ये अलग मसअला है कि सरकार ने हमारी तरफ गौर नहीं फरमाया, वरना क्या मजाल थी कि २०१६ का आत्म-ज्ञान-सम्मान 'ओम जय जगदीश हरे' मात्र गाने वाले 'लल्लू पुजेरी' को मिलता। हम झंडा,

एजेंडा और डंडा तीनो चीजों का सम्मान करने वाले आत्म-ज्ञानी हैं। बहरहाल बजरंगवली खुश होकर गये हैं, वे क्या देते-लेते हैं, मंगलवार को पता चलेगा। कृप्या प्रतीक्षा करें।

थानेदार

'चलो हटो-हटो उप-मंत्री जी आने वाले हैं।' नाक में उँगली घुसेड़े हुए थानेदार सफेद बादल की तरह गरजा।

'नहीं हटता।'

'अबे! जानता नहीं, मैं कौन हूं??'

'अबे! तू भी नहीं जानता-मै कौन हूँ??'

'अरे जना दो न भइया, आप कौन हो?? ये तो व्यंग्यकार है, सारे मुहल्ले की टँगरिया उघाड़ता रहता है।'

'व्यंग्यकार??'

'हां जी!! साहित्यकार का ज्येष्ठ पुत्र।'

'अच्छा जी! इसे भी बता दो-मैं थानेदार हूँ। बड़े-बड़े व्यंग्यकारों की लँगोटी भरे बाजार नीलाम करा चुका हूँ। टेढ़ी-मेढ़ी पगडंडी छोड़कर सीधी सड़क में सरपट भागना सिखा चुका हूँ।'

'कोई इसे भी समझा दो-व्यंग्य के केवल 'व' भर से इसकी थानेदारी को हवलदारी में बदल सकता हूँ।'

'भइया आप लोग काहे खो लड़-भिड़ रहे हो। आप खो पता नाहीं, आपुस की लड़ाई से देश कमजोर होत है। देश कमजोर भए ते पेटबा कमजोर होत है। पेटबा कमजोर भए ते, बेटबा कमजोर-।'

'अबे चोप्प-कौन है तू? साला चला आया दो योद्धाओं की जंग में अपनी पतली टाँग तुड़वाने?' थानेदार गरजा।

'मालिक! मोर नाम थानेदार है।'

'अबे! अद्धी मार के आया है तू-होश में है कि नहीं? थानेदार तो मैं हूँ, ज्वाला परसाद सींग।'

'सरकार, पूरे होश-हवास में हूँ। असली थानेदार तो आपय हो हुजूर। मैं तो नाम का हूँ, बस बस्ती मुहल्ले में थोड़ी-बहुत थानेदारी कर लेता हूँ।'

'वो कैसे??'

'छोटे-मोटे दंगे-नंगे निपटाता रहता हूँ, हुजूर, ताकि आप पर वर्क लोड न बढ़े।'

'यार!! तू तो बड़े काम की चीज निकला, चल हाथ मिला।'

'साहब!!'

'अब क्या है बे?'

'उस व्यंग्यकार से हाथ मिला लीजिए हुजूर। कभी काम आयेगा सरकार, जरूरत में 'गड़री का बार' भी काम देता है।'

'वो भला किस काम का?'

'हुजूर, मंत्री जी के आने पर गधे की पूछ आपकी मूँछ तरफ नहीं फेरेगा।'

'बात तो चौसठ कैरेट की है, चलो मिलाए लेते है हाथ।'

थानेदार जी व्यंग्यकार जी से हाथ मिलाने बढ़ गये थे-डकबक-डकबक।

इतना बहुत है

दफ्तर का नाम ठीक से याद नहीं, या बताने की हिम्मत नहीं है। समझदार लोग समझ ही गये होंगे, नासमझों के आगे मगजमारी करने से कोई फायदा नहीं है। जनाब जो ठीक लगे, समझ लें।

चौकीदार बंशराखन, बड़े साहब के कक्ष में झाड़ू मार ही रहा था कि एक विचित्र घटना घट गई-अचानक बड़े साहब अखबार की पुंगी डस्टबिन में डालकर ऐसी लांग जम्प मारे कि सीधे चौकी पर आकर खड़े हो गये और बंशराखन के हाथ से झाड़ू छीनकर बोले-

'मैं इस ऑफिस का हेड चौकीदार हूँ, लाओ आज से मैं झाड़ू लगाऊँगा। मेरे साथ सभी झाड़ू लगायेंगे, किसी तरह से कोई गंदगी, कोई कचड़ा, रद्दी कागज के टुकड़े, अब दफ्तर में नहीं दिखेंगे।'

'वंशराखन!'

'जी सर!'

'उन मकड़ी-मकोड़ो को सावधान कर दो, जो वर्षो से छत के कोनो में डेरा जमाये हुये हैं, बहत्तर घण्टे के अंदर कोना खाली कर दें, अन्यथा अपनी जान की खैर न समझें। भिनभिनाते मच्छर-मक्खियों के बीच जाकर ऐलान कर दो, किसी दूसरे मोहकमे के दफ्तर में जाकर अपना गाना-बजाना करें। यहां उनकी एक नही चलेगी-सबका हारमोनियम-तबला छीन लिया जायेगा।' दाँत पीसते हुये बड़े साहब बोले।

बंशराखन डरा-सहमा स्थापना कक्ष में आ कर बड़े बाबू की टेबल के पास कांपता हुआ खड़ा हो गया। बड़े बाबू की नजर जैसे ही उस पर पड़ी, वे डपट कर बोले-

'जब बुखार था, तो छुट्टी क्यों नहीं लिये, अब मेरे सर में खड़े होकर कांपने से बुखार क्या उतर जायेगा?'

'साहब बुखार नही है।'

'अबे बुखार नही है, तो खड़ा-खड़ा अभुआ क्यों रहा है, जा कल्लन

से चार पान बंधा ला, जर्दा वाले।-पिच्च-पहले से मुँह में भरे पान की पीक को डस्टबिन के पेट मे उड़ेलते हुये बड़े बाबू बोले।'

'साहब! वो वाली बात नही है।'

'फिर?'

'बड़े साहब चौकी पर हाथ मे झाड़ू पकड़े खड़े हैं और खुद को चौकीदार बता रहे हैं-मेरी तो नौकरी गई न साब। वो झाड़ू लगायेंगे तो मैं क्या साहिबी करूँगा? मैं बाल-बच्चेदार आदमी हूँ, साब, मेरी नौकरी बचा लो। मेरी तरफ से महीने भर आपके लिये पान फ्री।'

'अरे जुम्मन, जरा तुम झाँक के आओ, ये बंशराखन क्या बक रहा है?'

'जनाब, बंशराखन दुरुस्त फरमा रहा है, आला हुजूर हाथ मे झाड़ू पकड़े चौकी पर खजूर के दरख़्त के मानिंद तनकर खड़े हैं।' मैं नज़र फेर के अभी लौटा हूँ।'

'तुम उधर किसलिये गये थे??'

'दस्तख़त मारने।'

'मारे।'

'नहीं जनाब! मौका-ए-हालात देखकर हिम्मत फुस्स हो गयी।'

एक-एक करके सभी चौकी पर झाड़ू को दिव्यास्त्र की तरह सम्हाले बड़े साहब के दुर्लभ दर्शन ले आये थे।

'मामला गम्भीर है, बड़े बाबू।' उंगली से चूना चाटते हुये डिप्टी साहब बोले।

'कुछ सोचिए डिप्टी साहब, आपके पास आयडिया की कमी नहीं है, पी.एस-सी. कन्फर्म है आप।'

'बड़े बाबू! ऐसे हालात से निपटना आपसे अच्छा भला कौन जानता है, याद है न, जब फर्जी बिलों के भुगतान की इंक्वायरी सी.बी.आई से होने जा रही थी। तब कैसे सार्ट सर्किट से आग उठाकर सारे रिकॉर्ड....।'

'ही..ही.ही.ही..सो तो है।' पीले-पीले दाँतो को बाहर निकालते हुये बड़े बाबू जबाब दिये।

'मेरी राय है, आप लोग मीटिंग करके तय कर लो, तब तक मै बाहर बैठकर साहब को देखे रहूँगा, कुछ गड़बड़ करेंगे तो फौरन आप लोगो को खबर कर दूँगा।' मली सुरती में गिनकर तीन ताल ठोकते हुये बंशराखन ने सुझाव दिया।

'वेरी गुड आयडिया....जीनियस डियर बंशराखन, बट आय वुड लाइक टू नो, इन विच प्लेस मीटिंग विल बी गोइंग-।'

'अपनी अंग्रेजी बन्द करो विलियम-चलो शास्त्री पार्क में बैठे लेते हैं, वही सबसे नजदीक है।'

डिप्टी साहब की बात पर आम राय कायम हो गयी थी। यह भी एक रिकार्ड की चीज हुयी, आज तक का इतिहास है कि इस दफ्तर में आज से पहले किसी मसले पर कभी आम राय कायम नहीं हुई थी।

बंशराखन को दफ्तर में छोड़कर सब लोग शास्त्री पार्क में आकर एक कोने में गोलाकार बैठ गये थे, बड़े बाबू घास के मैदान में पान की लंबी पीक खारिज करने के बाद दम लगाकर बोले-भाइयों एवं बहनों-

'इधर को सिस्टर लोग नहीं आया है, सेन्टेंस करेक्ट बोलो बॉस।' विलियम ने टोका।

'चुप कर यार, नहीं तो मीटिंग से फूट ले, गम्भीर टॉपिक पर भी तुम्हारी टोकने की आदत नही गई। बोलिये बड़े बाबू, अब बीच मे कोई नहीं बोलेगा। डिप्टी साहब ने आश्वस्त किया।

'हां तो मै बोल रहा था कि बड़े साहब ने हाथ मे झाड़ू उठा ली है, ऐसे में हम लोगो की इज्जत को खतरा पैदा हो गया है। वे बड़े साहब है, चौकीदार बने या चोपदार उन्हें हर जगह तारीफ मिलनी है, चिंता अपने लोगो की है। अभी तक जो पब्लिक से साग-सब्जी का मिल जाता था। बन्द हो जायेगा। भला हम जैसे पुरुष चौकीदारों की तरफ कौन चारा डालेगा। मामला बेहद गम्भीर है, राष्ट्र हित मे भले ठीक लगे पर घर हित मे कतई ठीक नहीं हैं।

तनख्वाह का अस्तित्व संकट में पड़ जायेगा। आप लोग अपना-अपना दिमाग भिड़ाइये, कोई न कोई हल जरूर निकल आयेगा।'

'मेरी तो शादी गई बड़े बाबू, सब-इंजीनियर समझ के शादी पक्की हुई थी, वे जब जानेंगे कि मै चौकीदार हूँ, शादी नहीं करेंगे।' घबराया हुआ मित्तल बोला, जो अभी पिछले माह ही नौकरी ज्वाइन किया था।

'फिकर नॉट फ्रेंड' परफेक्ट सोलोशन निकाल लेगा, बरा बाबू!' उसकी पीठ को ठोंकता हुआ विलियम बोला।

'मेरी निजी राय है, मामले से यूनियन के बड़े लीडर्स को अवगत कराया जाय, एक सादे कागज पर ड्राफ्टिंग कर के मुझे दे दीजिए मै टाइप करवा कर उन्हें सौंप दूँगा।' डिप्टी साहब की बात पर पुनः आम राय बनती दिख रही थी कि विलियम ने फिर अड़ंगी मार दी।

'इट्स कोरेक्ट सम वन, बट आय थिंक –कोरट से स्टे डिमांड भी कोरी जाए।'

'विलियम की बात में दम है, हम दोनों एक्शन साथ लेगें। सभी ने एक स्वर में इस प्रस्ताव पर मंजूरी दे दी। मीटिंग समाप्त हो गई थी। सभी दफ्तर लौटने की सोच ही रहे थे, कि बाहर से चार लोग जोर-जोर से बहस करते हुये, नजदीक आ गये, उन लोगो ने हाथ जोड़कर बड़े बाबू से कहा-

'साहब !! आपकी गंजी खोपड़ी इस बात की सुबूत है कि आप विद्वान हैं, आप फैसला कर दीजिये।'

'कोई फैसला-वैसला मुझसे न होगा। हम लोग चौकीदारी के मसले को लेकर बहुत टेंशन में हैं।' बड़े बाबू झल्लाकर बोले।

'थोड़ी टेंडन और सही सर प्लीज-हम लोग एक गम्भीर मुद्दे पर सौ सालों से लड़ रहे हैं। कई बार जूतमपैजार भी हो चुका है, लेकिन मामला सुलझने का नाम नहीं ले रहा है।'

'जी! बताइये।'

वो बताने ही जा रहा था कि विलियम बीच मे कूद पड़ा-'व्हाट नॉनसेंस? व्हाटस मीन्स 'जूतमपैजार।'

'चुप कर विलियम अन्यथा अब मार खायेगा, जो ज्यादा बक-झक किया।

हां तो बोलिये-क्या प्रॉब्लम है आपकी।' गंजी खोपड़ी पर हाथ फेरते

हुये बड़े बाबू बोले।

'सर जी! इनकी टीम कह रही है कि धरती मुर्गी के अंडे की तरह अंडाकार है, इनकी बात से सहमति रखने वाले हज़ारों लोग हैं और मेरी टीम इनकी बात को ख़ारिज करती हुई मानती है–'धरती देहाती रोटी की तरह चपटी और गोल है। मेरी बात पर सहमति जताने वाले भी हज़ारों लोग हैं।

'ओह! बरोबरी का मुलाबला–वेरी इंटरेस्टिंग, वेरी सिरियस योर मेटर। माय ओपीनियन, आप लोगन को कोरट जाना चाहिए।' बिलियम ने सुझाव दिया।

इस मैटर पर माथा–पच्ची चल ही रही थी कि बंशराखन भागा–भागा आया और हांफते हुये बोला....

'साहब जी, बड़े साहब चले गये।'

'चले गये? कहाँ चले गये?'

'दफ्तर से–यह कहते हुये कि– 'पहले दिन के लिये इतना बहुत है।'

'चलो –चलो सब लोग। मीटिंग सस्पेंड की जाती है। पहले दिन के लिये इतना बहुत है।' पान की पीक थूंकते हुये बड़े बाबू ने घोषणा की।

अपील

विश्वस्तरीय जानकारों के अनुसार दुनिया भर के कुत्तों की दुम सीधी हो गई है, अकेला मै बचा हूँ, जिसकी दुम ज्यों की त्यों है-टेढ़ी की टेढ़ी-इस अकेलेपन के एहसास से बहुत शर्मिन्दगी महसूस करता हूँ। कभी-कभी सोचता हूँ-आत्म हत्या कर लूँ। सदियों से चला आ रहा टेढ़ी दुम का कलंक मेरी वजह से अभी तक बना हुआ है। दुम सिधाई का शत-प्रतिशत रिकॉर्ड बनने में अकेला राह का रोड़ा हूँ, लेकिन मुझे फांसी लगा कर मरने से बहुत डर लगता है, आग लगाकर मरना कतई पसन्द नही है। पानी मे डूब कर मरने के चांस न के बराबर है, पता नहीं, कौन सीधी दुम का आदमी आये और मेरी टेढ़ी दुम में उँगली फँसाकर मुझे पानी से बाहर निकाल दे।

तब मैंने अपनी आत्मा से प्रश्न किया....'तुम अगर मेरी आत्मा हो तो मुझे बताओ-'क्या मुझे मृत्यु को वरण करने के तरीके चुनने का हक नही है?'

'उसने तुरंत जबाब दिया-'बिल्कुल है, भले ही जीने के अधिकार समाप्त हो गये हों।'

'मुझे कोई अत्याधुनिक तरीका बताओ? पुराने तरीके बहुत घटिया है, मुझे पसंद नही हैं।'

'अज्ञानी, मृत्यु अटल है। समय पर आयेगी। अभी जीने की सोच, अपने आप को सुधारने की सोच। दुम अपने-आप सीधी हो जायेगी।' आत्मा ने फटकार लगाई।

मुझे कुछ सन्देह हुआ-लगा के कुछ गड़बड़ हो गयी है, किसी अज्ञानी नाम के आदमी की आत्मा से मेरा कनेक्शन भिड़ गया है, तभी यह मुझे पहचान नहीं पा रही है। मैंने तो मृत्यु के आधुनिक तरीकों की जानकारी चाही थी और ये जीने की बात कर रही है। मैंने तत्काल वेरीफिकेशन करने के लिहाज से उसे बताया कि मै 'अज्ञानी' नही हूँ। मेरा नाम-

'चोप्प! नाम बताने के पहले ही उसने मुझे मुझे जोर से डांट दिया। फिर हांफती हुई बोली-(जैसे मेरे पेट के भाग रही हो) सत्संग कर..।'

'किससे और कैसे सत्संग हो?' बिना ब्रेक मारे मैंने अगला सवाल दाग दिया।

इस बार कोई जबाब नहीं मिला। मैंने कई बार सवाल दोहराया लेकिन जबाब नहीं आया। तब मुझे समझ में आ गया कि अज्ञानी की आत्मा भाग गई है, अब वह किस मुँह से जबाव दे। फिर फिक्र उठी कि यह अगर अज्ञानी की आत्मा थी तो मेरी आत्मा कहाँ गई?–कौन पकड़ ले गया? तभी ख्याल जगा कि कहीं दुम सीधी न होने के दुख में वह मर न गई हो।

बहरहाल वह सत्संग को बोली है तो उसकी आज्ञा शिरोधार्य कर सत्संग करने के लिये रोज घर से टेढ़ी दुम दबाये जाता हूँ। गली चलते जो भी मिल जाता है, उसी से सत्संग हो जाता है, शाम को घर आकर सो जाता हूँ। सुबह फिर से वही काम। सोचता हूँ यदि मैं सुधर गया तो दुम स्वयं सीधी हो जायेगी और यह खबर पाकर मेरी आत्मा शायद जीवित हो उठे। चालीस सालों से सत्संग चल रहा है लेकिन कोई फायदा नहीं हुआ है। अभी भी वैसा ही हूँ जैसे पहले था। अगर कोई मुझे गारंटी से सुधार सकता हो या अन्य तरीकों से मेरी टेढ़ी दुम को सीधा कर सकता हो, तो कृपा करके अपना नाम पता बताये, बड़ी मेहरवानी होगी।

श्री कृष्ण उवाच

हे पार्थ! कुछ भी हो फेसबुक छोड़ कर मत जाओ, फेस बुक महाभारत से भी बड़ा जंग है, तुम्हारा मुकाबला अब कलम के उन शातिर योद्धाओं से है जिनमें से कुछ के पास खुद की निजी कलम नहीं है, जुगाड़ की कलम से काम चला रहे हैं, कुछ के पास बाप-दादाओं की चांदी की पुरानी कलम है, जिसे वे पकड़ना नहीं जानते हैं फिर भी चलाने की जुगत में लगे हुये हैं। दादा जी बेचारे पूरी जवानी तो यहीं पर ओसारे बैठे कलम घसीटे, बुढ़ापे में टाँग घसीटते हुए परलोक चले गए, उन्हें 'घसीटन' मर्ज़ ने बहुत परेशान किया, चाहकर भी वे अपनी औलादों को हाथ से कलम पकड़ने का हुनर नहीं सिखा पाए। उनकी जायज़-नाजायज़ औलादें अब दादा जी की कलम को पैर से चलाने की जुगत में हैं।

'पार्थ!!'

'जी, मधुसूदन।'

'ध्यान से सुनो मेरी बात-जम्हाई मत लो-जम्हाई लेना, शयनकक्ष कक्ष की ओर प्रस्थान करने के संकेत होते हैं। तुम वीर, धनुर्धर महारथी हो, जंग के मैदान में जम्हाई का अशुभ संकेत देना तुम्हे शोभा नहीं देता है।'

'गोविंद! आप अन्तर्यामी हैं, आप जानते हैं आपका सखा मरे हुए शेर की पूँछ मरोड़कर जिंदा शायरी करता है। चूहा-बिल्ली की कविताओं से इतर गुलवकावली की सेज में पसरी गुलाब की पंखुड़ियों से भी कोमलांगी-तन्वंगी सुंदरियों का वर्णन अपनी कविताओं में करता है। किस्से कहानी तो बाथरूम की हर टाइल्स में लिख देता है। लेकिन माधव! पिछले कुछ महीने से किसी ने न लाइक किया है, न कमेंट किया है। इसलिये भीतर से टूट गया हूँ, लिखने की इच्छा मर गई है, लगता है, आत्महत्या कर लूँ भगवन!'

'घोर निगेटिव थॉट-मठघोर थॉट अर्जुन! क्षत्रियों को कायरता शोभा नहीं देती है मित्र, कलम उठाओ और टूट पड़ो।'

किस पर टूट पड़े मधुसूदन, यहां पर आपके और मेरे सिवा और कोई नहीं है, सब दूर-दूर हैं, एक गो-लोक में है तो दूसरा बैल-लोक में, तीसरा

चाँदपुर में तो चौथा सूरजपुर में है। सामने केवल उनकी फोटो है, विकट समस्या तो ये है प्रभु! कुछ लोग महिलाओं के वेश में हैं। धर्मराज का भाई, महारानी पांचाली का पति, परम ब्रह्म परमात्मा केशव का प्रिय मित्र, अकिंचन अर्जुन, महिलाओं पर कैसे वार करे-गोविंद?'

'ज्यादा अक्ल मत चलाओ भटकने का डर है, इसलिये उचित है, लाइक कमेंट की चिंता छोड़ कर लिखने में मन लगाओ। मैं कुरुक्षेत्र में तुम्हें पहले ही बता चुका हूँ 'कर्म करो फल की आशा मत करो, फल देना या न देना मेरे हाथ में है।'

ज्ञान की ऐसी बाते श्रीमुख से सुनकर भी अर्जुन का जोश नही जागा, वल्कि और उदास हो गये, सूर्य की तरह चमक-दमक वाला अर्जुन का चेहरा कुम्हड़े के फूल की मानिंद मुरझा गया, वे वीरासन से धीरे-धीरे शव आसन में आ गये। आँखे बंद कर जोर-जोर से जम्हाई लेने लगे। श्रीकृष्ण से अपने सखा की यह दशा देखी नहीं गई। वे अर्जुन के घने केशों में उँगलियों की काली कंघी फेरते हुये बोले-

'हे महारथी! उठो, और मेरी आँखों में झाँको, सच्चाई दिख जायेगी।'

अर्जुन अनमने भाव से कृष्ण की आँखों में देखने लगे। भगवान कृष्ण ने अपनी दोनों आँख बड़ी कर दी। फिर और बड़ी कर दी, फिर बहुत-बहुत बड़ी कर दी। अर्जुन यह देखकर चकित हो गये कि बहुत से लेखक, कवि पास-पास बैठे लिखने की सोच रहे हैं, लेकिन उनके कलम में सियाही नहीं है, कागज भी नहीं है। किसी के पास कागजों के ढेर लगे हैं, स्याही की भरी बोतलें हैं। कुछ स्वयं नहीं लिख रहे हैं, वे किसी और का लिखा पढ़ रहे हैं, कुछ बड़बड़ा रहे हैं, कुछ बुदबुदा रहे हैं, कुछ लिखने के बाद कागज मोड़-तोड़ कर दूर फेंक रहें हैं, कुछ मुड़े-तुड़े उन कागजों को सीधा करके पढ़ने की कोशिश कर रहे हैं। कुछ भीड़ जुटाकर हाथ मे गोल-गोल रोटी की शक्ल की चमकदार चीज को सीने से चिपकाए, गले मे बैजन्ती माला पहने दाँत निपोरे खड़े हैं। ऐसे अजीबो-गरीब मंजर से जब अर्जुन रुबरु हुये तब उनकी होशदानी में होश आया, बाजुओं में जोश आया, आँखे फड़फड़ाने लगी और वे श्रीकृष्ण को प्रणाम करते हुए रथ से नीचे कूद पड़े। जमीन में पड़ी अपनी कलम उठाने के लिये।

लौट के बुद्धू घर को आये

हड़प्पा और मोहनजोदड़ो की सभ्यता जितनी पुरानी होगी, उतनी ही पुरानी यह कहावत भी होगी 'लौट के बुद्धू घर को आये।'

हो सकता है, इन सभ्यताओं के पोस्ट मार्टम के समय कोई बुद्धसेन उर्फ बुद्धू लाल नाम का बुद्धजीवी भटक गया होगा...(ऐसा मेरा सोचना है, किसी की सहमति-असहमति की हरगिज जरूरत नहीं है) अकेले पन की बजह से उसका दिमाग काम करना बंद कर दिया होगा (अकेले रहने पर बड़े-बड़े पण्डित ज्ञानी, ध्यानी तक बुद्धिहीन या बुद्धू होते देखे गये हैं) और वह घर भूल गया होगा। घर की तलाश में इधर-उधर भटका होगा, फिर सर चकराया होगा-फिर पैर फिसला होगा-फिर धड़ाम से जमीन पर गिरा होगा। जमीन पर गिरते ही किसी ठोस चीज से सर टकराया होगा और दिमाग का बन्द द्वार खुल गया होगा-तब सब याद आ गया होगा-अपना घर द्वार, आल-औलाद, जिला शहर, बीवी-बच्चे, मकान नम्बर, गली चौराहा नुक्कड़ सब-सब, (कहते है दिमाग मे चोट लगने से स्वर्गवासी नानी तक याद आ जाती है) फिर वह बेचारा तार-तार हुये कपड़ों से अदने से शरीर को ढँके, भूखा प्यासा, बदली हुई सूरत लिये हुये, घिसट-घिसट कर चलते हुये, घर तक पहुँचा होगा। धन्यवाद हो बुद्धसेन के घर वालो का जो इसे पहचान लिये, वरना कौन किसे पहचानता है। सबको अपनी बुद्धि के आगे दूसरी की बुद्धि फेल लगती है। बुद्ध सेन के घर वाले भी कम बुद्धू नही थे। जो बुद्धसेन को पहचान गये, वरना हरगिज पता न चलता कि 'लौट के बुद्धू घर को आये।' इतनी बड़ी रिसर्च घूरे में समा जाती।

बुद्धसेन की तरह सभी के घर वाले बुद्धू नही हो सकते। मेरा क्लास फेलो बुद्ध गनेश को ऐसे बुद्धूपन का रोग लगा कि वह घर छोड़कर साधु बन गया। घटना कुछ ऐसी घटी की वह शादी के तुरंत बाद ससुराल गया। वो भी होली में। सालियों ने उसे ऐसा बुद्धू बनाया की वह मुँह दिखाने के काबिल नहीं रहा। अब वह गली-गली में दाढ़ी बढ़ाये, फुटी कमीज पहने हुये घूम रहा है। डॉक्टरों ने भी हाथ उठा रखें हैं। उनकी समझ मे बुद्ध गणेश की बीमारी लाइलाज है। घर वालों ने उसे मरा समझ लिया है, उसकी पत्नी ने दूसरा पति

कर लिया है।

बात बड़े अचरज की है, लेकिन ध्रुव सत्य है, अभी कुछ साल पहले लाखों की तादाद में भगवान भोले नाथ के दर्शन के लिये केदार नाथ गये थे, उनमें से अधिकांश की बुद्धि ऐसी फेल हुई कि अपना बना बनाया घर भूल गये। आज तक लौट कर आये ही नहीं, धरती के नीचे घर बनाकर रहने लगे। जबरदस्त बस्ती होगी-हाट, अस्पताल दुकानें सब होंगी-नियम कायदे बनाने-नसाने वाली सरकार भी होगी। यह भूगर्भ शास्त्रियों का काम है कि उनकी बस्ती का पता लगायें और दुनिया को बताएं।

देश के नक्से में भोपाल नाम का बड़ा नामी शहर है, राग भोपाली यहां की खास पहचान है, वहां के कुत्ते भी भोपाली राग में भूकते है, बिल्लियां म्याऊँ-म्याऊँ करती हैं। कुछ बूढ़े किस्म के फालतू लोग बताते है कि किसी कारखाने से रात में ऐसी गैस रिसी के अपनी जद में आये लोगों को बुद्धू बना गयी। बेचारे आज भी उस कारखाने का नाम पता खांसते हुये मिल जायेंगे, बड़ी अजीब खांसी है इनकी, ये तो खांस ही रहें है, इनकी संताने भी सुर लय, यति, गति से खांस रही है। 'जय हो राग भोपाली की।'

भगवान जानें कब किसका माइंड फेल हो जाये, तकदीर की चकरघिन्नी में बड़े-बड़े पिसे हुये चेहरे एक तो लौट कर किसी को मुँह दिखाते ही नहीं, यदि साहस बटोर कर घर पहुँच ही गये तो उन्हें कोई पहचानने वाला नहीं, ऊँची तकदीर के लोग हैं, जिन्हें पहचान लिया जाता है-वरना फुर्सत किसे है, किसी को पहचानने की-जब सब के सब आईने के आगे नंगे खड़े हुये खुद को पहचानने में लगे हुये हों। सभी सन्देह के साये में जी रहे हैं, सुबह जगने पर हर एक आदमी पहला सवाल स्वयं से यही करता है-'क्या मैं वही हूँ जो रात में इस जगह, इस बिस्तर में सोया था?' जब उसे हाँ में जबाब मिल जाता है, तभी वह जमीन में पैर रखता है।

चलिये अब मुद्दे की बात पर आता हूँ। थोड़ा बहुत गली भटक जाना तो मानवीय स्वभाव है। जब बड़े-बड़े राजनेता, अभिनेता, फिलॉस्फर, सुर-साधक गायक, सन्त-महंत, दिन के उजाले में रास्ता भटक कर गड़्ढे में आधा शरीर उलट देते है, तो चार छै किताब लिखने वाले लेखक की औकात ही क्या? क्षमा याचना की दरख्वास्त के साथ मुद्दे की बात पर बैरंग लौटता हूँ।

अपने देश मे तुकबंदियों की कमी नहीं है। अच्छे खासे मुहावरे को भूखे पण्डित की तरह बर्बाद कर दिये हैं–'लौट के बुद्धू घर को आये में तुक फिट कर दी–जान बची तो लाखों पाये।' अब मुहावरा नेताओं के कुर्ते की आस्तीन जैसा लम्बा हो गया है। राम जाने क्या-क्या छुपा होगा आस्तीन के चोपदार परत में–इस सम्बंध में सुनी सुनाई कहानी कहने का जी कुलबुला रहा है।

कहानी कहिये या गल्प कहिये, यहाँ न कहने वालों की कमी है, न सुनने वालों की कमी है, हर जगह बतख की तरह चोंच खोले ऐसे किस्सागो मिल जायेंगे की आटे की जगह चक्की को उड़ा देंगे। बिजूकाओं को घुमा फिरा कर भूत बना देंगे। बहरहाल सच होने का यकीन तो नही फिर भी सुनाये देता हूँ–

'एक प्यासा बैल पोखरनुमा तालाब में पानी पीने को गया, एक यंग ब्लड मेढ़क जो किनारे टहल रहा था उसे नागवार गुजरा, उसे लगा कि यह बैल इसी तरह जो रोज पानी पियेगा तो एक रोज तालाब सूख जायेगा और हम सब प्यासे मर जायेंगे, उसने टर्राना शुरू कर दिया, बैल भी आखिर बैल था, वह कब हार मानने वाला, उसे भी क्रोध आ गया। जोर जोर से गरजते हुये जमीन खुरचने लगा, यह देखकर वह मेढ़क डर कर, कांपने लगा। इसी हालत में वह अपनी विरादरी के बीच जाकर पूरा बाकया कह सुनाया। सभी मेढ़क उसकी गलती पर उसे कोस रहे थे। उसकी प्रेमिका मेढकी ने तो यहाँ तक कह दिया कि इस मूर्ख से मुझे विआह नहीं करना है। बैल को ललकार कर इसने बहुत गलत किया है, अब बैल किसी को जिंदा नहीं छोड़ेगा।'

'जो हुआ सो हो हुआ, अब कोई बचाव का उपाय सोचना चाहिये। एक अत्यंत बूढ़े मेढ़क ने समझाइस दी। जाओ इस बार पहले से टर्राना नहीं, हाई जम्प मारकर बैल की पीठ में पहले चढ़ जाना। फिर जोर-जोर से टर्-टर् करना, हम लोग भी पानी के भीतर से टर् टर् करेंगे। जाओ जल्दी करो। बैल पानी मे घुसने न पाये अन्यथा सौ दो सौ मेढ़क खुर के नीचे दबकर मर जायेंगे।

उस मेढ़क ने वैसा ही किया जैसा करने को बोला गया था। वह बैल की पीठ में चढ़ा हुआ टर्रा रहा था–बाकी पानी के भीतर से। बैल डर के मारे पलटा फिर पूँछ उठाकर भाग गया।

शायद तभी से कहावत दुमदार हुई है-'जान बची तो लाखों पाये, लौट के बुद्धू घर को आये।

मेरी अक्ल कहती है, बुद्धूपन की बीमारी थोड़ी बहुत सब को लगती है-देखिये न चुनाव के समय मे कितने मेढ़क टर्र-टर्र करते है, कितने बैल सींग से जमीन खुरचकर दहाड़ते हैं। जनता बेचारी इस दोनो के बीच मे फँसकर बुद्धिआ जाती है और कभी बैल को तो कभी मेढ़क को अपना मुखिया बनाकर पाँच साल के लिये सर में सवार कर लेती है। जबकि दोनो ही खतरनाक है, एक सिंघम है, दूसरा टर्र टर्र टर्रम। आदरणीय शरद जोशी साहब जाने किस जोश के वशीभूत होकर जीप पर सवार इल्लियां देख लिये, मुझे तो अब न खेत में चने के पेड़ दिख रहे, न तने में बैठी हरी-हरी इल्लियां। लगता है, मेरी बुद्धि मेरा साथ छोड़कर बैल और मेंढक के पास चली गई है।

भूत का लँगोट

आज तक बहुत सी कहावतें सुनी और पढ़ी है, लेकिन कुछ का मतलब गालिब चचा की शायरी की तरह समझ से परे हैं, जैसे- 'काला अक्षर भैंस बराबर'-कहाँ राजा भोज कहाँ गंगू तेली'-न नौ मन तेल होगा न राधा नाचेगी।' एक देशी कहावत जो एजुकेशन के संदर्भ से आयी हुयी लगती है-'क ख ग घ अंगा-ठाड़ दुआरे नंगा। या भक्ति भावना से ओत-प्रोत कहावत (है तो यह देवी नारा लेकिन अब कहावत के रूप मे भी मान्यता मिलनी चाहिए)-एक दो तीन चार-माता जी की जय जयकार। इसी तरह का एक फ़िल्मी गीत भी है- 'एक दो तीन-बारह तेरा वाला।' पूरा याद नहीं है। जरा सोचे काला अक्षर भैंस के बराबर कैसे हुआ-कहाँ भैंस कहाँ काला अक्षर। राजा भोज और गंगू तेली दोनों लापता हैं इसलिए इन्हें ढूढ़ने का काम पुलिस का है। राधा रही होगी कोई बहुत बड़ी नर्तकी जो नौ मन तेल की रौशनी में नाची होगी। ये तो छोटे-मोटे मिसाल हैं जो किसी भी बुद्धजीवी को सोचने के लिए पर्याप्त हैं। घोर आश्चर्य है इस देश के हर घर में एक इंजीनियर तो दूसरा पी.एच.डी. वाला डॉक्टर है, लेकिन किसी ने दम नहीं दिखाया इन अनसुलझे सवालों पर शोध करने की।

मेरा भी मकसद इन कहावतों पर सर खपाना नहीं है, लेकिन एक ऐसी कहावत है, जो भूत से ताल्लुक रखती है, वो भी उसकी लँगोट से, इसलिये मैं आजकल बहुत डरा-डरा रहता हूँ। इस कहावत का उपयोग वेबकूफ से लेकर होशियार तक सभी करते है, लेकिन मतलब पूछने पर दुम दबाकर फूट लेते हैं। इस कहावत ने मुझे बहुत परेशान रखा है। 'भागते भूत की लँगोटी भली' ये किसने कब और क्यों कहा? क्या उसे भूत की लँगोटी मिली है?

वैसे कहावत का यदि पोस्ट मार्टम करें तो यही लगता है कि भूत से किसी ने लँगोटी छुड़ा ली होगी। आज इस मुद्दे को लेकर आप सब के पास आया हूँ, सब थोड़ी बहुत अक्ल लगायेंगे तो हो सकता है, इस रहस्य से पर्दा उठ जाये, कोई जरूरी नहीं है कि अक्ल वाले ही अक्ल लगायें। जिनके पास दिमाक या अक्ल जैसी चीज नहीं है। वे भी अक्ल वालों को अक्ल का इस्तेमाल करने की प्रेरणा हाथ पैर चलाकर या अन्य तरीकों से दे सकते हैं।

मैं 'सबका हाथ जगन्नाथ' मानने वाला अदना सा लेखक हूँ।

वैसे मेरी मुलाकात भूत से कभी नहीं हुयी। बहुत दिनों से इधर-उधर चक्कर मार रहा हूँ कि कहीं लँगोटी हाथ में लिए हुये या लँगोटी पहने कर भागता हुआ भूत दिख जाये और किसी उपाय से उनकी लँगोटी मिल जाये। खैर यह तो मन का भटकाव है कि ऐसा हो तो वैसा हो। ये मुद्दा भी नहीं है और न ही लँगोटी की हमे जरूरत है, लेकिन खोजी प्रवृति के होने के कारण उस आदमी से मिलना या उसके बारे में जानना बेहद जरूरी है जो भागते हुये भूत की लँगोटी छीनने का कारनामा किया है। ऐसे महान व्यक्ति की खोज आज से पहले कभी नहीं हुई वरना कुछ न कुछ तो दबे मुँह ही सही बात फैलती। कुछ ऐसे लोग अभी भी हमारे गांव में है, जिन्होंने भूत को देखा है, उनसे मिलना निहायत जरूरी है, शायद कुछ अहम जानकारी मिल सके।

मेरा गाँव भी उसी तरह है, जैसे सभी गाँव होते है। लोगों की रहन-सहन और पहनावा कमोवेश वही जो आज से चालीस-पचास साल पहले थी। वही बोली, वही गाली का पुट, वही देवी-देवता, वही भूत-भयार, सब कुछ वही। भूतों की दादा गिरी गाँव में बहुत चलती है। भूतों के भय से गाँव के कुछ पढ़े-लिखे ,नोकरी पेशा लोग गाँव छोड़कर शहर की ओर भाग आये हैं।

मै भी गाँव से भागा हुआ आदमी हूँ, लेकिन भूतों के डर से नहीं भागा हूँ, वल्कि मुझे गांव से भगा दिया गया है। अब गाँव में अधिकतर वही लोग बचें है, जिन्हें भूतों ने कसकर पकड़ रखा है। पिछली सरकारी जनगणना के अनुसार गाँवो में भूतों की तादाद आदमियों की तुलना में बढ़ गई है, यह भी सरकार के लिये चिंता का विषय है।

आइये मिलवाते हैं, अपने गाँव के वयोवृद्ध भूत-प्रेत विशेषज्ञ और साधक 'कंताली कोल' से। ये कितने साल के है, इन्हें खुद नहीं मालुम, नज़दीक से गौर करने पर ये स्वयं प्रेत विरादरी के लगते हैं। छः फुट लंबा, काला भुजंग शरीर घुटने तक चढ़ी मैली धोती जो अब रिटायरी चाहती है लेकिन कंताली उसे छोड़ नहीं रहे हैं, बहुत प्यार है उन्हें अपनी इस धोती से।

यदि ये शाम ढले किसी अपरिचित को दिख जाएं तो मेरा दावा है, देखने वाला वगैर एनस्थीसिया के बेहोश हो सकता है, और बड़ी सर्जरी तक

की जा सकती है। जब मेरी खोजी टीम उनके घर पहुची, तो वे बाहर ही बकरी बांधते मिल गये। मुझे देखते ही बिना बुलाये नज़दीक आये और पहचान कर बोले-

'अरे बबुआ कैसन गाँव केर सुध किओ?

'मैं आपसे मिलने को आया हूँ, कक्कू! कुछ जानकारी के लिये इधर आना पड़ा।'

'हूँ बताबा न।' कंताली बोले।

टीम के पास समय कम था इसलिए डायरेक्ट मुद्दे की बात पर आना पड़ा। बिना लागलपेट के मैंने बातचीत शुरू कर दी।

कक्कू ये बतायें-'आपने भूत देखा है?'

'कइअक बेर। पै तुम काहे पूछ रहो?' शंकित मन से मेरी कैमरा टीम को देखकर वे बोले।

'दरअसल हम भूत की लँगोटी के बारे में जानने आये हैं, वे मेरे साथी हैं। हमारी भूत-वार्ता कल के अखबार में फोटू के साथ छपेगी।'

'ठीक है-पूछा।' कंताली खुश होकर बोले।

'कभी भूत को आपने लँगोटी पहने हुये देखा है?'

सफेद दाढ़ी को बाएं हाथ से सहलाते हुये कंताली बोले- 'अरे बेटवा! भूत कोनो मनई नाहीं होत, उआ आतिमा है, आतिमा कपड़ा नाहीं पहनत है।'

'पै तुम्हें भूत के लँगोट से का मतबल है?'

हमारे साथ आये कैमरा मैन जैनुल और उसके साथी मनोहर की उपस्थिति से मुझे ऐसा लगा कि कक्कू इनकी मौजूदगी में बताने से संकोच कर रहे हैं। मैंने उन दोनों को दूर जाकर बैठने को कह दिया।

'कक्कू, जब मैं गाँव की स्कूल में पढता था तब त्रिवेणी मास्साब ने छड़ी से पीट-पीट कर एक कहावत सब लड़कों को रटाया था 'भागते भूत की लँगोटी भली।' लेकिन इसके आगे मास्साब बता नहीं पाए-आपको याद होगा कि वे रात में सोये तो सोये रह गए थे। उनका हार्ट फेल हो गया था।

'इसका मतबल मेरे समझ से कोई भूत ठीक से लँगोटी बांध नहीं पाओ

और किसी ओझा गुनिया ने पाछे से खदेड़ लओ, भागते-भागते भूत की लँगोटी कमर से छुट गई जो उस गुनिया को मिल गओ। तो उसी ने कहा होगा कि भागते भूतन के लँगोट भलो।' जेई बात है न, बबुआ।'

'हाँ! कक्कू, तुमने ठीक समझा। लेकिन वो गुनिया कौन है? कहीं आप तो नहीं?'

कंताली थोड़ा हँसकर बोला-'अरे बबुआ तुम न सुधरोगे भले कित्ते बड़े हो जाओ, तुमरी हँसी-दिल्लगी की आदत ओही पुरानी है-तुमें बताया न भूत आतिमा होता है, उसे चड्ढी-लँगोट पहनन की का जरूरत? हम मनइन के तरहा भूत बा कुच्छ नाहीं करै, न खाय, न पीये न सोबे। रोटी अउर लँगोटी के जरूरत तो हम लोगन का है।'

'फिर स्कूल में ऐसा क्यों पढ़ाया गया?'

'जे ससुरा अंगरेजन केर चालबाजी आय बबुआ! जब ऊ गुनिया को भूत का लँगोट मिल गओ तो उसके पेट मा दरद मारिस, वो बात घरवाली से बताया होगा-उसकी घरवाली, दूसरे की घरवाली से-दूसरी तीसरी से-तीसरी चौथी से इस तरहा बात फेल गओ। बात फेलते-फेलते अंगरेजी हुकूमत के कान तक पहुँच गओ-फेर उन लोगन ने मेटिंग करी ओर हमारे मुलुक के लोगन का किताब मा छपाय केर रटाय दीहिन जेखर मतबल न उनखर बाप जानिस न मोर बाप जानिस, उनखर इहै नीति रही कि जीवन भर दौड़ा लगोटबा के पीछे। अउर हमार लड़िका जीवन भर आपन अकिल खरच नहीं किहिन। जिंनगी बिताय दिहिन, रोटी अउर लँगोटी के पाछे।' आज तुम बहुत जबर काम में निकरे हो, करतार बाबा तुम्हें सुफल करै।'

'तुमने तो भूत देखा होगा कक्कू! बताओ न कैसे दिखता है? किस रंग की लँगोटी पहनता है?' मैंने जिज्ञासा जाहिर की।

'अरे बबुआ! 'भूत देखन की बात करत हो, हम तो लड़े हबे भूत से रात-रात भर। साथ बैठ के तमाखू-सुरती खाये हैं। उआ अपन शकल-सूरत बदलत रहत है, कबौ आदमी कबौ बरदा, कबौ कुकुर, कबौ मगर-हाथी बन जात है। कबौ लँगोटी, कबौ फक्क कुरता-पाजामा टोपी पहिन के नेता, कबौ सूट-बूट लगाय के साहब बन जात है।'

'गजब-गजब कक्कू, अद्भुत बात बताई तुमने। लेकिन कैसे पहचान लेते हो कि यह भूत है या और कोई-?'

'बबुआ! करतार बाबा अउर दानव बाबा केर सब किरपा आय, ओही सब बता देबे हैं, हम उनके सेवा मा जिनगी होम दिहेन, बेटबा।'

'कक्कू।'

'बोल बबुआ।'

'उधर देखो- पहले वहाँ खेती होती थी धान फिर गेंहू जवा, मसूर, चना बोते रहे अब खाली मैदान पड़ा है, आखिर अब क्यों नही लोग खेती कर रहे?'

'बोत दिनन बाद गांव आये हो न तुम्हें कुच्छ पता नाहीं। खेती-पाती सब जघे होत रही लेकिन पूरी की पूरी खेती गैया-बैल रात में आकर चर जात रहें। खेती का बहुत नुखसान हुआ।'

'इतने जानवर कहाँ से कौन लाकर छोड़ जाता रहा?' मैंने आश्चर्य व्यक्त किया।

'ये सब भूत लीला है, बबुआ, तुम नाहीं समझ सकत-उनके तो पेट है नाहीं, वे हम लोगन से जलत हैं तो रात के मोके पर सब गोरु जानवर जंगल से हांककर खेत में छोड़ देत हैं। दूसर बात खेती करब सबसे घाटा का धंधा है, बीज, खादी सब महँगा ऊपर से इन भूतों की उपचीर... तभी न गांव के टोरबा सब गांव छोड़के शहर भाग गये। गाँव दिन मा खाली रहत है। रातय मा सोबय परय कुछ जन आबे हैं।'

'यह बहुत बड़ी समस्या है।' मैंने चिंता व्यक्त की। 'फिकिर की बात है-लगत है, एक दिन खेती-पाती बन्द होई जेहे। तब अदमी का पथरा खाय के जी। सरकार पाँच साल मा इते को मुँह करत है, बबुआ। 'तुम ई सब लिखबे अखबार में?'

'स्योर।'

'सरकार को लगत है गांव वाले जादा खात हबे। बाहर झाड़े करत हबे, इससे हमरे शहर के लोग बेमार हो रहा है। कहते है-गाँव वाला परदूसन फेलाबत है। नये परधान मन्तिरी ने दमाक लगाई के गाँव के हर घर में

सोचालय बनबा दो। मामला ठीक होई जाबेगा। अब किसी को इधर आना नहीं अब केसे कहें कि इधर गांव में खेती बन्द हो रही है। इसलिए अब खाने को सोचो। सोचालय की जरूरत काहे की। जब अदमी खायेगा नईं तो सोचालय में क्या करने जायेगा, बबुआ।’ तमाखू की खुराक मुँह में दबाते हुए कंताली बोले।

'बबुआ, तुम गाँव में सबसे जादा समझदार रहबे, तुम भी गाँव घर छोड़ दओ। आते जाते रओ, मनई आपन जनम भूमी नहीं छोड़य।’

हाँ, कक्कू आया करूँगा। मै इतना ही बोल सका, इस सयाने और भले इंसान को हकीकत बताकर दुखी कैसे करें और किस तरह बताएं-'कक्कू हमने घर छोड़ा नहीं है- छुड़ा दिया गया है। मुझे भी अपने गांव घर से बहुत लगाव है, भले ही यहाँ के आदमी मुझे पहचानने से इंकार कर दें। लेकिन तालाब की मेड़ पर सीना ताने खड़े महुआ, पीपर, आम, बरगद के पेड़ चीख चीख कर गवाही देंगे की बबुआ इसी गांव में जन्मा है। इसके मां बाप की लाशें इसी गांव की धरती में जली हैं। जिसे यकीन न हो समय की घास को हटा के देखे तो सही, अभी भी धरती में जले के निशान मिल जायेंगे। इस पर भी उसे यकीन न आये तो अपने पैने नाखूनों से धरती को खुरच करके देखे, मेरे आँखों के पानी से सींची हुई धरती आज भी नम होगी।’

'बबुआ, जब तक तुम्हार महतारी जिंदा रही, तबै तक कंताली केर बखरी मा पूछ परख रही। कड़ी, फुलौरी, रसाज, खीर बनी होय, आमा पका होय हम तक बरोबर पहुँचत रहबे। इआ कही की तुम्हारे घर के नोन-पानी खा पी के हम बड़े भएन हैं तो इआ गलत न होई। आज कोऊ पूछय वाला नाहीं आय के कंताली, जिंदा हए के मर गये। हाँ जब भूत-प्रेत के चक्कर पड़त हबे, तबै बोलाबा होत है।’ कंताली पुरानी बातें याद कर बोला, इस वक्त उसकी आँखों से झांकती पीड़ा को सहज ही देखा जा सकता था।

कंताली थोड़ी देर के लिए रुका-फिर एक बहुत ही लंबी सांस खींची जो किसी योग के जानकार के लिए भी सम्भव नहीं हो सकती थी, मै भी डर गया कि कहीं ये प्राण तो नही छोड़ रहा, लेकिन ऐसा कुछ नहीं था, वह अपने भीतर गया था जहां से ढूढ़ लाया यह अद्भुत रहस्य जो आज तक किसी को पता नहीं होगा।

'बबुआ।'

'जी कक्कू।'

'तुम भूत की लँगोटी की बात जानन आये हो न, तो धियाँ देके सुनो। हम आजु जोन अपने भीतर दबाये रहेन आज तुमही बताय रहे हैं।

'हमार बाबा बताये रहे की कल रात भर भूत हमसे लड़ा, कबहुँ उआ पटकी मारय, कबहुँ हम। भिनसारे तक लड़ाई चली पर जीत हार कोहू के नाहीं भयी। कारन दोनों जने लँगोटी कस कर लड़े थे। भूत बहुत दिलेर रहा बबुआ- हमरे बाबा के पीठ ठोककर बोला-'तुम्हरे अस बहादुर मरद आज तक नाहीं देखेन। हम परसन्न हैं, वरदान माँग। हमार बाबा ठहरें मूरख मनई- सोचिन इआ भुतबा के पास लंगोटी भर तो है, इआ ज्यादा का देई। फेर का दिल्लगी सूझी के भूत केर लँगोटी माँग लिहिन।

'बबुआ, ताज्जुब करोगे, उआ भूत कर्ण से भी बड़ा दानी निकला, सेकेण्ड भर में लँगोटबा छोर से बाबा के हाथ मा रख दओ। बाबा, भुतबा के गोड़े गिर पड़े, पै उनका सिर धरती माता से टकरा गओ, भूत लोपित होइ चुका था।'

'वो लँगोटी, जो भूत ने बाबा जी को दी थी, आपने देखी है?' उत्सुकता से मैंने पूछा।

'नहीं बबुआ, ऊ सुनी बात आय- तुम परेशान नाहीं हो, इस उमर में मैंने जोन समझबे है, जोन देखबे है, वो सब बता दओ। मोरी समझ में आदमी खुद ही बड़ो भूत है, क्या पता कब किसकी रोटी छुड़ा ले, लँगोटी छुड़ा ले, और दोख सारा भूत पर लगा दे। भूत होत हबे, मेरी उनसे दोस्ती है, पर भूत ग़लत नाहीं होत। आतिमा है, बुरा का करेगी?'

कंताली के बातों में बहुत वज़न था, उसने दुनिया देखी-सुनी-समझी थी, उसकी हर बात में सच्चाई है, यह बूढ़ा अपने गांव का हित सोचता है, मुल्क का हित सोचता है, हर आदमी का भला चाहता है। आज ऐसे महामानव के दर्शन से मै धन्य हुआ, श्रद्धा में मेरा सर उसके कदमों में अनायास ही झुक गया। कंताली ने मेरे झुकने के पहले ही मुझे अपने छाती से लिपटा लिया और सुबकते हुये बोला-

'न-न, बबुआ-ई नाहीं करो, तुम ऊँची जाति-कुल से हो, तुमारे तलुआ के नीचे मोर जीभ रही, अब अइसने मर जान दो। इआ लोक मा का बना? का बिगड़ा? करतार बाबा जाने, जान के मै गलती नाहीं किओ।'

उसकी आँख से बह चले आंसू उसकी बढ़ी हुई दाढ़ी से चूकर मेरे सर के बाल गीले करने लगे थे। मैं भी अपने आपको नहीं रोक सका-कंताली से लिपटकर मै भी रोने लगा। दूर बैठे कैमरा मैन से नहीं रहा गया उसने दनादन चार-छः फोटो उतार ली। कंताली हमे बिदा करते हुये बोला-

'बबुआ, अपना गाँव न भूलना, कम से कम कंताली कक्कू को देखन बहाने ही सही गाँव चले आना, पके आम हबें- का पता फुद्द से कब टपक जई।'

हम वापसी को चल पड़े थे। आज मैं स्वयं को बहुत कमजोर महसूस कर रहा था। ऐसा लग रहा था जैसे शरीर का कनेक्शन रूह से छूट गया हो। रूह को गाँव की मिट्टी-आबो-हवा में छोड़कर, मरे हुए जिस्म को अपने कांधे पर लादे हुये शहर लौट रहा हूँ।

फुलबा

एक कहानी अभी-अभी याद आई है। सोचता हूँ लिख ही डालूँ, है तो बहुत पुरानी लेकिन सच्ची है और मेरा काम भी यही है कि सही और जमीनी हकीकत को बयान करती कहानी को सबसे मिलवाऊं। ऐसी कहानी बहुत कम देखने सुनने को मिलती है।

आजकल झूठी और नकली कहानियों का बोलबाला है जो जींस और स्कर्ट पहने सड़क में बेमतलब को घूमती मिल जाएंगी। क्या पता कब किसके ऊपर थूक कर आगे बढ़ जाएं। इन कहानियों ने सीधी-सच्ची और सीख देने वाली कहानियों को गली चलना मुश्किल कर दिया है। आज मैं एक ऐसी कहानी ढूढ़ कर लाया हूँ जो अलादीन के चिराग से निकला जिन्न भी नहीं ढूढ़ सकता है।

जब पूरा उत्तरी और मध्य भारत कड़ाके की ठंडी से कड़कड़ा रहा था। बड़ी बड़ी शक्तिशाली रेलगाड़ियों तक ने ठंड और कुहरे के डर से चलना-फिरना बन्द कर दिया था। तीसमार-खां पहलवानों भी कुश्ती बंद कर रजाई में दुबक गये थे। जीवन की गाड़ी किसी तरह से अलाव तापकर घिसट रही थी, सूरज दादा कुहरे के डर से धूप की सप्लाई धरती वालो को रोक रखी थी।

ऐसे में मेरी इकलौती कहानी ने जिद पकड़ ली, बोली- बाबू! 'मुझे भी किसी पत्रिका या अखबार के रविवारीय पेज में छपने के लिये दिल्ली भेजो न, कितना सुन्दर लगता है रंग-विरंगे कागज में किसी सुंदरी के बगल में बैठ जाना। उसके साथ मुझे भी लोग कम से कम निहार तो लेंगे, भले पढ़े न, रद्दी के कचरे में फेंक दे या फिर घर की मालकिन मुझे ताक में बिछा दे और ऊपर से प्याज-लहसुन की टोकरी क्यूँ न रख दे, कोई बात नहीं, सब मंजूर है।'

मैंने उसे अपने तजुर्बे के अनुसार समझाया-अरी! 'तू बेमतलब जिद करती है, इस जानलेवा ठण्ड में तुम्हें कहाँ भेज दूँ। मान लो भेज भी दिया तो बड़े बड़े लोगन के कविता चुटकुलों के आगे तुम्हे कौन पागल अखबार वाला छापेगा। पत्र पत्रिकाओं में तो बड़े-बड़े लोगन के नाते रिस्ते वालों या

फिर नेताओं के जूठन खाने वालों की रचनाएँ छपती हैं। तुझे कौन पूछेगा? मेरा कहा मान ले, तू बिना छपे ही ठीक है।'

लेकिन वो जिद्दी मुझसे ही लड़ बैठी। बोली-'आप बहुत डरपोक हैं, बाबू-भेजकर तो देखिये, उन्हें मुझको छापना पड़ेगा।'

'जिद न कर पगली, जो रचनाएँ आजकल छप रही हैं, वो भले ही भीतर से खोखल और सड़ांध मारती हों लेकिन ऊपर से दिखने में बिल्कुल फ़िल्मी हीरोइन की तरह नकली चेहरे पर परफ्यूम लगाकर महकती हैं। अंग प्रदर्शन कर लोगों का मन बहलाती है। पलक झपकते ही वस्त्र बदलती हैं। हँसती हैं, हंसाती हैं, गुदगुदाती हैं, उत्तेजना लेती-देती हैं और एक तू है, सर में नीम का तेल चुचुआये दूर से ही गन्ध मारती है। अरी पगली तेरे बिवाई फटी एड़ियों को उधर कौन घुसने देगा। तेरे पास ढंग के कपड़े तक नही हैं। ठण्ड से बचने के लिए एक फटे कम्बल के अलाबा और क्या है तेरे पास? पहनने के लिये एक फटी फ्रॉक है। सोच, क्या यही फ्रॉक पहनकर उन लोगो के पास जायेगी?' अभी ठंड के दिनों में तेरी नाक बहती है। नाक सुड़कते हुये उन लोगों के बगल में कैसे छप सकती है। तुझे छापकर कोई अपनी मैगजीन गंदा नहीं करेगा। अपने ही पेट में कोई अपना लात नहीं मार सकता है। तेरा नाम तक उन लोगों की समझ में नही आयेगा। नॉटी गर्ल, ओनली मी, डेढ़ गज की इश्कियां, सिली पॉइंट, लव बैक, हॉर्स टेल, गोल्डी, स्टोन प्रग्नेंसी, बीस चूतिये और हुश्ना आंटी जैसे नाम की कहानियां तुझे पास में बैठने देंगी?'

मैंने उसे समझाने में पूरी अकल लगा दी लेकिन वो कहाँ सुनने वाली थी। भगवान! किसी दुश्मन के दिमाग में भी ऐसी जिद्दी कहानी न दे या धोखे से दे ही दे तो पैदा करते ही गला घोंटकर मार दे, 'न रहेगा बांस न बजेगी बंसुरिया।'

मेरी बात को अनसुनी करती हुई वो तुनगकर बोली-

'आप मेरा भला नही चाहते। चाहते 'फुलबा' को लोग देखें, फुलबा को दुनिया जाने दुनिया में उसका भी नाम चले। बाबू तुम स्वार्थी हो। अपनी फोटो के साथ फुलबा का नाम नहीं जोड़ना चाहते। आज आप भी कान खोलकर सुन लो-मैं घर की बंद कोठरी में अब नही रह सकती-मुझे जाने दें या न जाने दें आपकी मर्जी-मैं अब रुकने वाली नही हूँ।'

उस पगली को कौन समझाये, मै स्वार्थी नहीं हूँ। बड़ी उम्र का तजुर्बा है मेरे पास इसलिये बड़ी सोच रखता हूँ, हमेशा उसका भला ही सोचूँगा।

'कैसे जायेगी और कहाँ जायेगी?' घबरा कर मैंने पूछा।

'मुझे नहीं मालुम कहाँ जाना है? किधर जाना है? कैसे जाना है? लेकिन अब इस घर में कैद होकर नहीं रह सकती। कल सुबह मै घर छोड़ कर जा रही हूँ।'

फुलबा अपना अंतिम फैसला सुना चुकी थी। अज़ीब बात है, उसे मालुम भी नहीं, कहाँ जाना है? कैसे जाना है? फिर भी जाने की जिद किये है।

मुझे लगा की अब यह मानने वाली नहीं है, इसलिये अपने स्वर्गवासी उस्ताद लोटन गुरु का दिया हुआ नुस्खा आजमाने की सोची। लोटन गुरु ने इस नुस्खे को खुद बनाया था। किसी औघड़ गुनिया या बाबा-जोगी का पैर दबाकर हासिल नहीं किया था। इस नुस्खे की खासियत है कि जिस पर आजमाया जाता है, उसका और आजमाने वाले दोनों का भला होता है। ये नुस्खा उन्होंने मरने के एक दिन पहले मुझे बताया था और हिदायत दी थी कि बेटा! इस नुस्खे का इस्तेमाल बहुत सोच-विचार कर घर में ही करना, घर से बाहर इसका प्रयोग वर्जित है।

नुस्खे के निर्देश अनुसार सुबह ४ बजे से ही मै देहरी में कम्बल ओढ़कर पसर गया, जहाँ से होकर फुलबा को बाहर निकलना था। आधे घण्टे के इंतज़ार के बाद कल की उतारी वही मैली फ्रॉक पहने ऊपर से एक मैली, मोटी-सी चादर डाले फुलबा आयी और मुझे देहरी में पड़ा देखकर बोली–

'इधर क्यों पड़े हो?'

'अगर तू घर से गयी तो मैं भी जान दे दूँगा।'

'वो कैसे?' बगैर विचलित हुये फुलबा बोली।

'ये देख जहर की पुड़िया– इसे खाकर मर जाऊँगा।'

'मेरे हाथ से पुड़िया छुड़ाती हुई फुलबा बोली–'बाबू! ये तो लवणभास्कर चूर्ण है।'

'तुम्हें कैसे पता?'

'बाबू-कल रात मैं भी नहीं सोयी आप मुझे बहुत प्यार करते हैं, ये मुझे मालुम है, रात में आपको किचन में जाते और चूर्ण का पुड़िया बनाते हुये देखी थी। आप उठ जाइये, मैं अब नहीं जा रही। जब आप कहेंगे तभी छपने को जाऊंगी।

मैं खुशी के मारे उछल पड़ा-मुँह से अनायास निकल गया-'लोटन गुरु जिंदाबाद-लोटन गुरु अमर रहे।'

फुलबा को लगा, मैं खुशी से पागल हो गया हूँ। वह दौड़ी-दौड़ी किचन में गई और एक बाल्टी पानी मेरे सर में उड़ेल दिया।

'अरी फुलबा, ये क्या किया-मार डाला ठण्ड में। सब कपड़े गीले हो गए.. अब नहाकर क्या पहनेंगे? तुम्हारी खोपड़ी?'

'माफ़ कर दो बाबू-मै समझी तुम पागल हो गये हो। लोटन गुरू जिंदाबाद कहकर उछल रहे थे।'

'सत्यानाश हो तेरा, पागल नहीं हुआ हूँ। अपने उस्ताद का थैंक्स कर रहा था।'

इसी तरह तारीखें आगे सरक रही थीं। फुलबा के छपने-छपाने की ख्वाइश अभी तक पूरी नहीं कर पाया था, इस विषय पर फुलबा अब बोलती भी नहीं थी। लेकिन मेरी फ़िक्र कम होने की बजाय हनुमान की पूँछ की तरह बढ़ रही थी। अतः फ़िक्र निवारण के लिए मै अपने साहित्यिक मित्र 'रसिक' जी के घर अचानक चला गया। उस दिन छुट्टी का दिन था।

आज से तीस साल पहले आदमी के पास अब की तरह मोबाइल फोन नहीं होते थे कि आदमी बताकर या परमीशन लेकर मिलने को जाये। उस समय जब जिसका मन हुआ घोड़े की तरह मुँह उठाये चला जाता था। कोई बुरा भी नहीं मानता था, शायद छिपाने लायक किसी के पास कुछ होता भी नही था। बाहर भीतर एक जैसा। आज यदि बिना पूर्व अनुमति के किसी के घर चले जायें तो प्रथमतः वे पत्नी या बच्चो से कहला देगें की बोल दो साहब घर में नहीं हैं या धोखे से घर के बाहर चड्डी पहने मिल गयें तो ऐसी नाराज़गी जताएंगे जैसे हम उनकी चड्डी उतारने आये हों। उनके घर बिना फोन किये

चले आना उनका अपमान हो गया। बात ज्यादा बढ़ी तो सर फूटने का चांस बनता है।

रसिक जी अपने कमरे के बाहर जूट की बोरी में बैठे हुये मिल गये। कमर तक सिर्फ धोती लपेटे हुये वे बड़े शुकून के साथ बीड़ी पी रहे थे। वे निहायत दुबली पतली काया के मालिक थे।उनकी एक-एक हड्डी गिनी जा सकती थी। ऐसा लगता था भगवान इनको बनाते समय मांस की परत चढ़ाना भूल गया है। इनकी हड्डियों में रस ही रस भरा था। वे जब बोलते थे तो नवों रस की बरसात करते थे। वे मुझे देखते ही बीड़ी बुझाते हुये उठ खड़े हुये और आँखों में नेह भरकर बोले–

'लम्बी उमर है तुम्हारी...अभी बीड़ी पीते हुये तुम्हारे बारे में सोच ही रहा था कि तुम आ गये। बहुत दिनों से दिखे नहीं। घर में घुसे-घुसे क्या कर रहे थे?

'महोदय, मुझसे एक कहानी हो गई है। (रसिक जी मुझसे उम्र में बीस साल के बड़े होंगे। इस लिहाज से मै उनकी बहुत अदब करता था।)

'ये तो बड़ी खुशी की बात है, दिखाओ।'

'लिखा नही है महोदय, मन के भीतर है।'

'तो सुनाओ।'

रसिक जी बड़े धैर्य के साथ सब सुनते रहे, फिर अपनी बायीं आँख मलकर बोले–'भई अनुज, जब तुम्हारे भीतर कहानी उतर आई है तो पहले इसे कागज में साफ-साफ लिख डालो। फिर छपने के लिये किसी पत्रिका में भेज दो। शायद किसी को कहानी जम जाये और छाप दे। न भी छापे तब भी कोई हर्ज नहीं–तुम्हें मलाल तो नहीं रहेगा कि भेजा नही।'

'जी महोदय, आप ठीक कह रहे हैं, आपका परामर्श उचित है।' मैंने आदर से कहा।

'भई! एक बात बताओ–मैंने सुना है तुम अकेले में बात करते रहते हो। साफ-साफ बताओ क्या चक्कर है, किससे बात करते हो?'

'जी पूज्यवर! लोगों को ऐसा लगता होगा। मैं फुलबा से बात करता हूँ और वह भी मुझसे बोलती-बतियाती है। साथ में उठती-बैठती है, यहाँ तक

की हम दोनों एक ही चारपाई में साथ-साथ सोते है।'

'अरे अनुज! यथार्थ में जीना सीखो-कल्पना में नहीं, वरना पागल हो जाओगे भाई।'

'सर, मैं अपनी फुलबा से बात करता हूँ। किसी गैर से तो नहीं। मैं उससे बहुत प्यार करता हूँ। वे भी मुझसे-उसके बिना मैं रह नहीं सकता। आप बहुत बड़े साहित्य मर्मज्ञ हैं-बताइये, कोई भी रचना यदि किसी ने पूरी ईमानदारी से बनाई है, तो वह रचना, रचनाकार के लिए संतान की तरह प्यारी होगी न। उससे बातचीत करना क्या पागलपन है?'

'भई! तुम्हारे जज्बे की कद्र करता हूँ। लेकिन साहित्य को लिखना पड़ता है।उसे अपने भीतरी जीवन का हिस्सा बनाना पागलपन है। मेरी राय है कि फुलबा को लिखकर प्रकाशनार्थ भेज दो।

'जी!-ठीक है। मैं फुलबा को प्रकाशन हेतु दिल्ली भेजने को तैयार हूँ। बस थोड़ी ठण्ड कम हो जाये और महीने की वेतन आ जाये तो एक गरम स्वीटर उसके लिये खरीद दें।'

'अरे, फुलबा कोई हाड़-मांस की नहीं बनी है। जिसे कपड़े सिलवा रहे हो। फुलबा एक कहानी है जो तुम्हारे भीतर उतरी है। उसे पहले कागज में उतारो। ये सच है फुलबा जीवंत कहानी है-कालांतर तक पढ़ी जायेगी। उसे पत्र पत्रिकाओं में प्रकाशन को शीघ्र भेज दो, समझे। वे थोड़ा तल्ख होकर बोले।'

'ठीक है सर, जाता हूँ।' मैं उठते हुये बोला।

'अभी ठहरो। वे बीड़ी जलाते हुये बोले। फिर चित्रसेन को आवाज देकर बोले-'एक लोटा पानी लाना।'

मेरी समझ में नहीं आया कि रसिक जी एक लोटा पानी का क्या करेंगे। वे मेरी परेशानी ताड़ गये और मेरी ओर देखकर बोले-'कल से पेट खराब है। कई बार जा चुका हूँ। अभी थोड़ा और रुको बहुत दिनों में आये हो।'

'सर, आपके पेट में तकलीफ है। पेट की तकलीफ खतरनाक होती है। इसे गम्भीरता से लें और आराम करें। मै दो चार दिन बाद फिर आ जाऊँगा।'

तब तक रसिक जी लोटा लेकर तालाब की मेड़ तरफ दौड़ लगा चुके

थे। मैं भी बैठ गया। उनकी अनुमति लेकर ही वापस जाना उचित समझा।

रसिक जी जब दस मिनट बाद वापस आये तो पीड़ा के भाव साफ साफ-चेहरे पर झलक रहे थे, उन्हें देखकर मुझे तकलीफ हुई। आखिर आज ही क्यों चला आया? दो दिन बाद आ जाता तो क्या बिगड़ जाता? फिर जिज्ञासु मन के कोने में एक सवाल उठा कि रसिक जी का पेट क्यों और कैसे गड़बड़ हो गया? ये तो कहीं आते-जाते नहीं। घर में आदमी सम्हलकर खाता है, बाहर जरूर अनियंत्रित हो जाता है। मुफ्त का भोजन रोज-रोज थोड़ी मिलता है। इसका अर्थ यह हुआ कि रसिक जी रस बरसाने कहीं बाहर गये थे। मुझसे रहा नहीं गया-मैंने पूछ ही लिया-

'पूज्यवर, आपका पेट कैसे खराब हुआ?'

'अरे भाई! कल ही तो लौटा हूँ, लाल किले से-विराट कवि सम्मेलन था-विराट तो समझते ही होंगे?'

'नहीं।'

'विराट का मतलब बहुत बड़ा।'

'जी।' सर हिलाकर मैंने समझने की मंजूरी दे दी।

'भई! वहाँ जो सत्कार हुआ, वह भी विराट था समझ लो अन्यत्र कहीं नहीं मिल सकता। खाने-पीने का खासा इंतज़ाम किया था, उन लोगो ने।

'लेकिन आप तो पीते नहीं सर।' मैंने उत्सुकता से पूछा।

'हाँ भई, यहीं चूक हो गई। वे सब गिलास पे गिलास खाली कर रहे थे और मैं कोने में बैठा बीड़ी फूंक रहा था। जब कार्यक्रम शुरू हुआ उस समय रात के दस बज रहे थे। वे सभी एक-एक करके कविताओ के हंसगोले दाग रहे थे। पब्लिक भी बहुत समझदार थी-वे भी ताली बजा-बजा कर उन्हें जोश पर जोश दिला रही थी।'

'फिर क्या हुआ?'

'जब मेरा नम्बर आया तब रात के बारह बज रहे थे। रात करवट ले चुकी थी। श्रोता घर जाने के लिये उठने लगे थे। तभी संचालक महोदय ने आकाशवाणी करी कृप्या अभी ठहरिए, रसिक जी को सुनते जाइये।'

'फिर।'

'लोगों के जाने का सिलसिला रुका नहीं-मैंने पूरे जोश के साथ सुंगार रस पगा मुक्तक बाण चलाया लेकिन वह भी सरकारी योजनाओं की तरह फुस्सी मार गया। लोग रुके नहीं-आखिर बंदर छाप बीड़ी पीने वाला कवि किसे जाने से रोक सकता था?'

'फिर ....।'

'फिर क्या? वे सब चले गये-मैं बैठ गया-इधर आयोजकों और मंच संचालक जी के बीच तीखी नोक- झोंक हो गई। आयोजकों का कहना था, रसिक को भेजकर आपने गलती की। आपको होशंगाबाद से पधारे हास्यकवि 'बेहोश' को भेजना था। संचालक भी चढ़ाये हुये थे वे पूरे रंग में आकर बोले-'बेहोश को जब होश हो, तब न भेजें।'

'सर आपकी तौहीन हुई।'

'तभी से तो मेरा पेट खराब है। रही-सही कसर पूरी कर दी उस बड़े होटल के टॉयलेट ने।'

"टॉयलेट ने सर-वो कैसे??" मेरे अचरज़ का ठिकाना नही था।

'हाँ भई, मैं देहाती आदमी इतना साफ-सुधरा कमरा कभी देखा नहीं था। उस पर भी उसमें लगी मशीनें-कोई पानी निकाल रही थी, कोई हवा निकाल रही थी। मेरे तो होश उड़ गये। बहुत नर्वस महसूस कर रहा था। फिर भी मरता क्या न करता। अब तो हम तय कर लिये हैं-कहीं जायेंगे तो रहना-खाना मेरी स्टाइल का चलेगा। यह शर्त पहले रहेगी। भले ही उसकी एवज में लिफाफा छोड़ देंगे। अब कल से जो भी खाता हूँ, ठीक से पच नहीं रहा है।

खैर तुम मेरी चिंता मत करो। स्थिति अंडर कंट्रोल है।'

मैं रसिक जी से अनुमति लेकर घर आया, मुझे कमरे में पाते ही फुलबा पूछ बैठी-'बाबू, किधर बैठ गये थे?'

'बस यूँ ही।'

'देखो, झूठ मत बोलो मुझे सब पता है। रसिक जी के साथ बहुत गलत हुआ है, अब मैंने भी तय कर लिया है।'

‘क्या तय कर लिया?’ आश्चर्य से मैंने पूछा।

‘आपको छोड़कर अब कहीं नहीं जाऊँगी-क़सम खाती हूँ।’

मै इतनी बड़ी खुशी सहेज नहीं पाया, स्वयं से लिपटकर रोने लगा लेकिन आज जुदा होने का गम नहीं था। आज तो सिर्फ मिलन के आँसू थे।

स्वयं का स्वयं में विलोपन का अद्भुत आनन्द--।

साठ का पहाड़ा

जगत बाबू उर्फ़ जगत बहादुर सक्सेना आज बैंक की सेवा करते-करते सठिया गये थे। यानी साठ वर्ष की उस दुर्लभ आयु को प्राप्त कर चुके थे, जिस आयु में आदमी को नौकरी से हटाकर सकुशल घर भेज दिया जाता है। ये उमर बड़े तकदीर से मिलती है।

कई बैंक वाले तो इस साठी रेखा को छूना क्या? दूर से भी दीदार नहीं कर पाते हैं और एक साथ दोनों जहां से रिटायर हो जाते है। बड़ी तकदीर वाले ही सठियाने का सुख प्राप्त कर पाते हैं। इतनी बड़ी ख़ुशी की खबर कोई दबाकर अपना पेट खराब नहीं कर सकता था, लिहाज़ा मुहल्ले के बच्चे-बच्चे को खबर मिल गई थी की जगत बाबू आज से साठ के हो गये हैं। इसीलिये उन्हें रिटायर किया जा रहा है। उनके रिटायरमेंट से पूरे बैंक स्टाफ के साथ-साथ पूरे मुहल्ले वाले और नात-रिस्तेदार सब खुश थे।

सबकी ख़ुशी के सबब अपने-अपने होंगे। जो अभी पता नहीं चल पाया है। जैसे ही मालुम पड़ेगा सम्माननीय पाठकों को बता दूँगा, कृपया सभी लोग अभी धैर्य बनाये रखें और देश के नहीं तो कम से कम अपने अपने टोले मुहल्ले के सभ्य नागरिक होने का परिचय जरूर दें।

उनकी नज़दीकी रिस्तेदार जिन्हें बेसब्री से इस शुभ दिन का इंतज़ार था, वे सभी दोपहर से ही जगत बाबू के घर में डेरा जमा चुके थे, घर में खासी चहल पहल थी। बन रहे पकवान की महक पड़ोसियों के घर तक मुफ्त में पहुँच रही थी। घर आये रिस्तेदारों के छोटे बच्चे घर के सामान को इधर-उधर फैलाये नाच-कूद रहे थे। कुछ अधेड़ किस्म के नौजवान जूते धारण किये हुये हाथ का तकिया बनाये आराम से सोफे में पसरे थे, बैक कुशन तो बच्चों की टीम उठा ले गई थी।

अब आइये, बेकार में इधर सर खपाने की बजाय मै सीधे बैंक मुख्यालय के उस हाल में लिये चलता हूँ। जहाँ जगत बाबू का बिदाई समारोह चल रहा था। घरेलू चकल्लस में समय कुछ ज्यादा लग गया है। लेकिन निराश होने की जरूरत नही है, अभी असली सीन बाकी है। हाल में लगी कुर्सियों में कुछ शहर-कस्बे के गणमान्य, सभ्य सुसंस्कारित नागरिक, पूर्व के बैंक स्टाफ, अन्य

सहयोगी स्टाफ बेमन से बैठे हुये थे, शायद वे सब इसी इंतज़ार में थे कि जल्दी से सक्सेना जी रिटायर हो जाएं, और घर जाने को मिले, पत्नी वैसे भी सब्ज़ी देर से लेकर पहुँचने पर नाराज़ होगी। तभी सबकी इच्छा पूरी होती हुयी दिखी जब ज्येष्ठ प्रबंधक श्री तोतलानी बोलने को उठे-

पहले शुरू के पांच मिनट तो कुछ समझ में नहीं आया की तोतलानी साहब कौन सा मंत्र किस भाषा में पढ़ रहे हैं। पीछे बैठे हुये एक धाकड़ किस्म के स्टाफ मेम्बर को अच्छा नहीं लगा और उसने टोक दिया-'सर इधर आवाज नहीं आ रही।' तोतलानी जी समझदार निकले और चिल्लाते हुए बोले-

'आज से सक्सेना जी की उत्कृष्ठ सेवाएं संस्था को नही मिल पायेंगी। वे साठ साल के हो गए है। (जैसे सक्सेना जी को अभी साठ साल का नहीं होना था)। बैंक की सेवा से उन्हें मुक्त किया जाता है। आज से वे फ्री हुये, वे जहाँ चाहे आ-जा सकते हैं। जो मन में आये खा-पी सकते हैं। कोई रोक-टोक नहीं है, कोई छुट्टी या परमीशन की जरूरत नहीं है।'

एक जरूरी खबर है भी है-कृपया सभी ध्यान दें, ऐसी घटनाएं होती ही रहेंगी। इसलिये सब पहले से ही तैयार रहें ताकि रिटायरी जैसे खुशी के मौके पर टेंशन न हो। सक्सेना साहब लगता है ठीक से तैयारी नहीं बना पाये और बिदाई के दिन आ गये।'

'अरे साहब जरूरी खबर क्या है? वो बताइये न-मुझे टेंशन हो रही है। आप तो दिन में ही गली भटक जाते है।' पीछे कुर्सीआये हुये किसी स्टाफ ने तोतलानी साहब को फिर से टोक दिया।

'वई, वई, बता रहा हूँ-ऐसी-वैसी खबर थोड़े ही है के डायरेक्ट बोल दो। जैसी न्यूज होती है, वैसी भूमिका भी बांधनी पड़ती है। आप क्या जानो, कौन कैसी न्यूज किस तरह से सुनाई जाती है। मुझे तो हर महीने ये सब झेलना पड़ता है। मान लो किसी के मरने की खबर देनी पड़े। तब क्या सीधे बोलते हैं कि वो मर गया? नई जी नई-रोनी सूरत बनाकर कहना पड़ता है-वे हमें छोड़कर भगवान के घर चले गये हैं।'

'आप फुल स्पीड में बोलें सर, अब बीच में कोई कुछ नहीं बोलेगा।'

'ओक्के ओक्के, थैंचू! तो बड़ी खबर बैंक मैनेजमेंट की ओर से है। मैं तो चाहता हूँ हर स्टाफ अंतिम समय अपना पूरा हक-हिसाब लेकर

खुशी-खुशी घर जाये। लेकिन सक्सेना जी के साथ ऐसा नहीं हो पा रहा है। टॉप-प्रबंधन के अनुसार संस्था की आर्थिक सेहत ठीक नहीं चल रही है। इसलिये अब सभी के आखिरी फंड अंतिम संस्कार तक थोड़े-थोड़े कर के दिए जाएंगे। प्रबंध के अनुसार इससे पैसे का दुरूपयोग रिटायर आदमी के परिवार वाले नहीं कर पाएंगे और रिटायर पर्सन भी अंतिम भुगतान की आशा में जल्दी मरेगा नहीं-इधर-उधर की दौड़ धूप से उसका रक्तचाप और सूगर लेबल ठीक रहेगा।'

इसीलिए सक्सेना जी की रिटायरी में मिलने वाले सारे फण्डस अभी रोक लिये गये हैं। हम मजबूर हैं, आज हम उन्हें सिर्फ साल-नारियल और गेंदा की माला के अलाबा कुछ नहीं दे पा रहे हैं।'

'धन्यबाद'

हाल में अमूर्त सन्नाटा पसर गया था। कोई कुछ बोलने की हिम्मत नहीं जुटा पा रहा था। सक्सेना जी की गर्दन तीस डिग्री के कोण में लटक गई थी। तभी पूर्व स्टाफ वर्मा जी, जो थोड़ी बहुत नेतागीरी जानते-समझते थे, अचानक खड़े होकर दहाड़ उठे-

'सक्सेना सर-आप बिलकुल चिंता न करें। हम सब आपके साथ हैं। दस दिन के भीतर आपका पाई-पाई हम प्रबंध से दिलवा के रहेंगे। हम कोई खैरात नही माँग रहे हैं। अपना हक मांग रहे हैं। हम चाहते हैं वे आपके सारे फण्ड सीधी तरह से दे दें, अन्यथा-(आगे के शब्द बताने लायक नहीं)

तभी पीछे बैठे एक और पूर्व स्टाफ को जोश आ गया, वे छत की तरफ मुक्का तान कर चिल्लाये-इंकलाब जिंदाबाद, बैंक प्रबंधन मुर्दाबाद। लेकिन उन्हें किसी और का साथ इस नारेबाजी में नही मिला, आखिर वे भी ढीले होकर बैठ गये।

तो साहबान, सक्सेना जी को फूल माला और नारियल चढाकर बैंक से रिटायर कर दिया गया। उनकी रिटायरी ऐसी लगी जैसे किसी के कपड़े उतारकर घर से निकाल दिया गया हो। इस मौके पर ग़ालिब चचा का यह शेर बहुत फिट बैठता है.......

'निकलना खुल्द से आदम का सुनते आये थे लेकिन,

बड़े बेआबरू होकर तेरे कूचे से हम निकले।'

तो ये रहे सक्सेना जी के विभागीय रिटायरी के मुख्य अंश, अब हम सार्ट-ब्रेक के बाद आपको लें चलेगें सक्सेना जी के निवास पर जहाँ से आँखों देखा हाल सुनायेंगे कैमरा मैन, एक आंखवाले के साथ हमारे नगर संवाद दाता हिफाज़त अली। आप कहीं जाइयेगा नहीं, टीम के साथ बने रहें।

शाम के सात बजे तक जगत बाबू घर नहीं पहुँचे थे, घर में जश्न जैसा माहौल बन गया था, बड़ा बेटा बाजार से केक और फूल माला ले आया था, ढोल वाले को भी बुला लिया गया था। बस सक्सेना जी के घर पहुँचने की देरी थी इधर सब मसाला तैयार था। आख़िरकार इंतज़ार की घड़ी खत्म हुयी। सक्सेना जी का बजाज स्कूटर घर्र-घुर्र करता हुआ द्वार में आकर रुका। इस स्कूटर को सक्सेना जी बहुत चाहते है, अगर कोई इसे पुराना कह दे तो समझो खैर नहीं, हो भी क्यूँ न, ससुराल से मिला था और ससुराल से मिली कोई चीज़ पुरानी नहीं कही जाती।

ढोल वाला सक्सेना जी को देखते ही ढोल पीटने लगा-ढम-ढम-धड़ाम भड़ाम-ढा-धड़ाम-धड़ाम और साथ में स्कूटर के इंजन की जुगलबंदी से ऐसा संगीत गूंजा की पेड़ो में बसे हुये पक्षी जान बचाकर इधर-उधर भागने लगे।

मिसेस सक्सेना आज किसी से पीछे नहीं रहना चाहती थीं, वे आरती से सजी थाल ले आईं, सक्सेना जी की आरती उतारी, मस्तक में गुलाल लगाया और मुँह में साबुत लड्डू ठूंस दिया। यह सठिया गये लोगो के लिए प्रेम का सन्देश पहुँचाने का प्राचीन तरीका है। जिसका अर्थ हुआ,-फिकर नॉट ऑलवेज विथ यू-बूढ़े जिस्म में जवां दिल के साथ।

सक्सेना जी को हाथ लगाकर ससुराल से आये दोनों साले उन्हें हाल में ले आये जहाँ केक काटने की रस्म होनी थी, केक काटने की रिवाज़ वैसे जन्म दिन में है, लेकिन यहाँ पर भी जिंदगी के दूसरी पारी की शुरुआत मान कर केक काटें तो अच्छा ही है। मेरी राय है कि मृत्यु के बाद भी केक काटने की शुरुआत होनी चाहिए।

केक काटने, खाने-खिलाने, और माला-फूल चढ़ाने-उतारने की औपचरिकताओं के बाद सब अपने-अपने आसनों में बैठ गये। बातों के सिलसिले भी चल पड़े। सक्सेना जी के पड़ोसी जुगुल जी जो साल भर से सस्पेंड चल रहे थे, सबसे पहले खांसकर बोले-

'भाई बधाई आपको, पैतीस साल की चाकरी करना बड़े जिगरे वाले का काम है, वो भी बेंक में, जहाँ हर बख्त छुरी में गरदन रहती है। मुझे देखो न बीस साल की नौकरी में तीन दफ़ा मुअत्तिल हुआ।'

'सक्सेना जी! अब क्या करने का इरादा है? वैसे मेरी मानो तो आप मुहल्ले में ही किराना-जरनल स्टोर की दूकान खोलकर बैठ जाओ, दो पैसे मिलेंगे भी और आपका टाइम भी पास होगा।' सक्सेना जी के पड़ोसी जीवनलाल ने कहा जो सब्ज़ी मंडी में आढ़त का काम देखते हैं।

'का दुकान-डलिया की बात करत हो जीवन लाल! सक्सेना साहब को चारों धाम की पवित्र यात्रा करन चाही, कुछ परलोक वाली गली का साफ करबे होत है न-फिर भगवत कथा श्रवण, हवन, दानपुण्य करन से दोनव लोक सुधरन के चांस होता है।' पूजा कराने आये पंडित जी बोले।

'जीजा जी, आप उदास न हो, आप चाहेंगे तो अपने साहब से बोलकर अकाउंट सेक्शन में मैं आपको काम दिला सकता हूँ, बस आप हाँ कह दें।' सक्सेना जी का छोटा साला सुदेश बोला।

अब सक्सेना जी के बर्दास्त के बाहर हो रहा था वे सर के बाल नोचकर विनम्रता से बोले-

'आप सबने बहुत अच्छा सुझाव दिया है, अभी मेरी तबियत ठीक नहीं है, सर दर्द हो रहा है। मुझे विश्राम करने की इच्छा हो रही है।'

पास पड़ोस के लोग सब जा चुके थे, रिस्तेदार भी खा-पी, मस्त होकर सोने चले गए थे। सक्सेना जी कमरे में पड़े करवट पे करवट बदल रहे थे। मिसेस शर्मा सिरहाने बैठी सर दबाते हुए पूछीं-

'अब कैसा है दर्द?'

'पहले से कम है।'

'सो जाओ, सब ठीक हो जायेगा।'

'खाक ठीक हो जायेगा सुनीता, सालों ने फूटी कौड़ी तक नही दी, सब रोक लिया। अब छोटी का ब्याह कैसे होगा? आज से पंद्रह दिन बाद तो उसकी तिलक ले जानी है, सारा बजट फेल हो गया, वे मानेंगे नही, कितनी बड़ी बदनामी होगी।'

'क्या??'

'हाँ सुनीता- एक आने का चेक नहीं दिया, बोलते है बैंक बीमार है, आईसीयू में भर्ती है। जब बैक की सेहत ठीक हो जायेगी तब भुगतान होगा।'

'ये सब फ़िजूल की बातें है, बैंक घाटे में चल रहा है, तो इसके लिए प्रबंध की नीतियां जिम्मेदार हैं। सरकारी की बेतुकी, बेहूदी सोच जबाबदार हैं। बेचारे एम्प्लॉई का क्या दोष, वो तो वही करेगा, जो उसे ऊपर से हुक्म होगा-घाटा हो या फायदा।'

'तुम्हारी दलील दुरुस्त है सुनीता, पर आज कोई मानने वाला नहीं है।'

'आप फ़िक्र मत करो अभी इतने रूपये अपने पास है कि छोटी का विवाह हो जायेगा, कुछ कम पड़ेगा तो अपने भाइयो से उधार ले लूँगी। सभी पैसे वाले हैं, जब अपना मिल जायेगा तब सबका लौटा दूँगी।' आपका फण्ड कोई नहीं रोक सकता है। अभी छोटी के ब्याह में ध्यान लगाइये, फिर इस मुद्दे से हम निपट लेंगे। अभी कानून जिन्दा है। मुझे न्यायपालिका पर पूरा यकीन है। हम अगर सही हैं तो भगवान भी हमारी मदद करेगा।' मिसेस सक्सेना ने समझाया।

'तुम धन्य हो सुनीता आज तुमने हौसला दिया, वरना मै टूट कर विखरने वाला था।' मिसेस सक्सेना की बातों और हथेली की गरमी से उन्हें पूरी राहत मिल गयी, वे अब सोने के प्रयास में पूरी चादर तक पाँव फैला चुके थे।

तो साहबान-'पुरुष का जब हौसला टूटता है, तब नारी ही उसे बचाती है, नई ऊर्जा नये हौसले देकर। पकड़ हाथ घसीट लाती है-अँधेरे से रौशनी की तरफ।' ये कहानी आप को कैसी लगी, चिट्ठी लिखकर मुझे जरूर बतायें। मेरा पता है-

हिफाज़त अली

दूध वाले की गली

कमरा न. ४२०, थुक्कन पान वाले के ऊपर

टेढ़ी गली, अँधियारी।

मुच्छ नहीं तो कुच्छ नहीं

मेरे दादा जी बड़ी-बड़ी झबरी मूँछें रखते थे। रोज सुबह-शाम मूँछों की तेल मालिश करना, मूँछों को हिलाना-डुलाना, ऊपर उठाना-कितनी मेहनत मशक्कत का काम है, पर दादा जी को अपनी मूँछों से इतना लगाव था कि पूछिये मत। मुझे तो यही लगता था कि दादी से भी ज्यादा वे अपनी मूँछों से प्यार करते थे। जब घर से बाहर निकलते थे तब उनका दाहिना हाथ

मूँछ सेवा में लग जाता था। कई दफा तो ऐसा हुआ कि वे मूँछ पकड़े रास्ता चलते गये, और बीच गली में धोती छूट गई लेकिन मूँछ पकड़े हुये वे नीचे झुककर कभी धोती नहीं उठाए गांव वाले उनकी धोती उठाकर घर पँहुचाते थे। दादा जी का मानना था–'किसी भी हालत में मूँछ नीची नहीं होनी चाहिए।'

वे अपने साथ मूँछों को भी खिलाते-पिलाते थे, जब वे दूध पीते थे तो पूरी की पूरी मलाई मूँछ को खिला देते थे। जब वे कुल्ला करते तो उनकी मूँछें चील के पंखों की तरह ऊपर-नीचे होती थी, जैसे लम्बी उड़ान भरने वाली हों।

दादा जी की बस एक खराब आदत थी, वे थाली में हमेशा कुछ न कुछ जरूर छोड़ देते थे, फिर दादी भी उसी थाली में खाती थी। जिसे वे दादा जी का प्रसाद मानकर ग्रहण करती थी।

एक बार मुझे और मेरी छोटी बहन को दादी कहानी सुना रही थी–'एक था राजा, एक थी रानी। रानी के पेट में अचानक दर्द उठा। रानी के लिए दवाई लेने राजा जंगल गये हुये थे। जंगल में एक राक्षस मिला, उसकी बड़ी-बड़ी डरावनी मूँछें थी।

न जाने इस तरह की कितनी कहानियाँ मेरी दादी को कंठस्थ थी, हालांकि वे बिल्कुल पढ़ी-लिखी नहीं थी, स्कूल का मुँह किस तरफ होता है, यह सब उसे नहीं मालुम था। मुझे तो लगता है कि उस दौर के सब कथाकार दादी से ही पूँछकर कथा-कहानी लिखते थे। दादी की कहानियों में देवकी बाबू के चंद्रकांता की तर्ज पर रहस्य रोमांच रहता था। उसे बैताल पचीसी,

सिंहासन बत्तीसी, शेर-लोमड़ी, बन्दर भालू, जलपरी की कथा, तोता-मैना के प्रेम के किस्से ऐसे याद थे जैसे आजकल के पुजेरी पंडितों को सत्यनारायण की कथा के बाद दान-दक्षिणा का मंत्र याद रहता है। तो बात यहाँ तक पहुँची थी कि राक्षस की बड़ी-बड़ी डरावनी मूँछें थी-जिसे सुनकर मेरी छोटी बहन दादी को टोककर बोली-

'क्या दादा जी की मूँछों से भी भयानक उस राक्षस की मूँछें थी?'

'चुप कर पगली, अपने दादा जी की मूँछों को भयानक बताती है। उनकी मूँछें सिर्फ इस घर के लिए ही नहीं पूरे गाँव की शान है। बता इतनी बड़ी मूँछें किसी की कहीं देखी है?' दादी छोटी को डाँटकर बोली।

छोटी भी कम नहीं थी, उसने तड़ से जवाब दे मारा-'हाँ देखी है, बिल्ली की होती है, कुत्ते की होती है।' दादी को गुस्सा आ गया। उसने एक चांटा छोटकी के गाल पे जड़ दिया। छोटकी भी रोने में माहिर थी, उसने जोर से गला फाड़कर जो राग अलापा कि सोये हुये दादा जी की नींद खुल गयी। माँ भी दौड़ी चली आयी। सबने एक स्वर में पूछा-'क्या हुआ?'

अब बताये कौन? मजबूरन मुझे सब सच-सच बताना पड़ा। वैसे भी मुझे झूठ बोलना नहीं आता। सुनकर दादा जी नाराज हुए और दादी से बोले-

'तुम्हें सौ मर्तबा मना किया है कि मूँछ वाली कहानियां मत सुनाओ, पर मानती नहीं। बच्चे हैं, वे क्या जाने मूँछ और पूँछ में फर्क? लेकिन तुम मानती नहीं। अरे बच्चों को बिना मूँछ की कहानी सुनाया करो।'

दादी भी ताव खा गई। पानीदार कहानीकार जो थी। भले ही दादी की कहानियां किसी पत्रिका के पन्नो में न छपी हों, कोई कहानी की किताब प्रकाशित न हुई हो, किसी मान्य व्यक्ति, संस्था से उन्हे कहानीकार का सर्टिफिकेट भले ही न मिला हो लेकिन मेरा दावा है उस टाइम में मेरी दादी से बड़ा कोई कथाकार नहीं था।

दादी पलटवार करते हुए बोली-'बिना मूँछ की भला कोई कहानी होती है। अरे जिस कहानी में मूँछ न हो उसे मै लफ्फाज़ी कहती हूँ।'

मेरे जीभ में भी खुजली हो रही थी। मुझसे रहा नहीं गया पूछ बैठा-

दादी! 'कहानी तो स्त्रीवाचक है, उसमें मूँछ कैसे आ गई?'

दादी को इस बार जोर का गुस्सा आ गया, गनीमत रही दादा जी थे, नहीं तो थप्पड़ खाने का अब मेरा नम्बर था। वो मुझे डपटकर बोली-

'चुप कर, कहानी में जब राजा आएगा, राक्षस आयेगा, बाघ आयेगा, तब मूँछ आयेगी की नहीं, अकेली रानी के बल-बूते कहानी कभी बनी है?'

'तुम्हारी दादी ठीक कहती है।' दादा जी हम दोनों बच्चों के सर पर हाथ फेरते हुये बोले। बच्चों, कहानी तो कहानी है। हर चीज में मूँछ होनी चाहिए-'मुच्छ नहीं तो कुच्छ नहीं।' अपना इतिहास उठाकर देख लो।

बिना मूँछ का कोई राजा हुआ है, यहाँ तक की कई राजाओं ने मूँछ की शान खातिर अपना राज-पाट छोड़ दिया। अब महाराणा प्रताप को देख लो-जंगल-जंगल घास-फूस की रोटियाँ खाते फिरते रहे लेकिन मूँछों को कभी झुकने नहीं दिया। अकबर अपनी मूँछों के कारण ही महान कहलाया। अमिताभ बच्चन भी मूँछों की तारिफ करते हुये नहीं अघाते। कहते हैं-मूँछें हों तो नत्थूलाल जैसी। इसी डायलॉग के बदौलत अमिताभ भी शोहरत पाए। इसके पहले उन्हें कोई नहीं जानता था।'

'दादा जी! पिता जी मुच्छ क्यों नहीं रखते? क्या उन्हें घर की शान का ध्यान नहीं है?' छोटकी ने सवाल किया।

'है-बरोब्बर है। पर उनकी मजबूरी है बेटा-मूँछ की चाकरी और सरकार की चाकरी एक साथ नहीं हो सकती, इसलिये वे मूँछ नहीं रखते हैं।'

'क्यों नहीं हो सकती?'

'सरकार तनखा देती है। मूँछ तनखा नहीं देती।'

'मूँछ तनखा क्यों नहीं देती? जब आप इतनी सेवा करते हैं तो तनखा देना चहिए, गलत बात है न दादा जी।' छोटकी के इस बात पर सभी हँस पड़े। कुछ देर पहले जो तल्खी थी, वह हँसी से उड़नछू हो गई। लेकिन छोटकी कहाँ मानने वाली थी। उसने जिद ठान ली- बताइये मुच्छ तनखा क्यूँ नहीं देती?' तब दादी स्थिति की गम्भीरता को भांपकर बोली-

छोटकी! मूँछ तो वो चीज देती है जो रुपया-पैसा, सोना-चांदी से नहीं मिल सकता है, आ बैठ एक सच्ची कहानी सुनाती हूँ।

'ये बात उस समय की है जब तेरी छोटी बुआ का व्याह होना था। घर

में पैसों की कमी थी। तब सब लोगों ने तय किया कि मंगल सेठ के यहाँ से कर्ज लिया जाये लेकिन वह सेठ अपने नियम का बहुत सख्त था बिना कोई अमानत रखे वह अपने बाप को भी पैसे नहीं देता था। घर में सोना चांदी तो था नहीं, कैसे काम हो? तब तेरे दादा जी ने संकल्प लिया था कि जैसे भी हो, आज मैं बिना अमानत रखे ही पैसे लाकर दिखाऊंगा।'

'फिर क्या दादी, आगे बोलिये न।'

'फिर क्या? तेरे दादा दी चल दिये-काली-काली मूँछों में पाव भर तेल लगाकर-पैरों में असली बैल के चमड़े का बना चमरौंधा जूता पहनकर-चरर-मरर करता हुआ। लट्टे की लकालक मिर्जाई और घुटने तक धोती पहनें, दो किलो वजन का डंडा उठाये दोनों मूँछें ऊपर की ओर उठी हुई, आसमान से बात करती हुयी। दादा जी का एक हाथ मूँछ पर दूसरा डंडे पर। मुझे तो इन्हें देखकर ऐसा लगा था-जैसे कोई गुस्साया शेर आज शिकार में निकला हो।'

'बाप रे! इतने भयानक लगे थे, दादा जी, मुझे तो सुनकर डर लग रहा है। जल्दी बताओ दादी आगे क्या हुआ?'

'बताती हूँ, बताती हूँ, साँस तो लेने दो।' खाँसती हुयी दादी बोली। 'तुम रुको, तुम्हें खाँसी आ रही है। आगे का हिस्सा मै सुनाता हूँ।' दादा जी ने कहा।

'जब मैं मंगल सेठ के यहाँ पहुँचा। वह गद्दी में बैठा चश्मे की डंडी से कान खुजला रहा था। मुझे देखते ही वह बोला-'आओ मुंशी, बताओ-कैसे आना हुआ?'

'मैंने उसे आने की बजह और मजबूरी दोनों बता दी।सुनकर सेठ बोला-

'मुंशी! यह तो तुम्हें भी पता है कि बिना अमानत-जमानत के मैं रोकड़ा नहीं देता।'

सेठ का इतना कहना था कि मेरा दाहिना हाथ अपने-आप मूँछों तक पहुँच गया। सेठ गद्दी से तुरंत उठ खड़ा हुआ और दोनों हाथ जोड़कर बोला-

'न-न मुंशी! इसकी जरूरत नहीं-ये गजब मत करो। तुम्हारी मूँछें हम सब की शान हैं, ले जाओ, जो भी जरूरत हो। कच्चा ही लिखे लेता हूँ।

तब तक एक बाल बिना उखाड़े ही हाथ में आ चुका था। मैं वो बाल सेठ को देते हुये बोला–'लो सेठ, इसे तो अब रखना ही पड़ेगा। यह तुम्हारी बात बर्दास्त नहीं कर पाया और अपने आप हाथ में आ गया।'

सेठ ने चांदी की डिबिया में उस बाल को ससम्मान सहेजकर रख दिया। फिर मुझसे बोला–'मुंशी तिजोरी खोले देता हूँ। ले जाओ जितनी भी जरूरत हो।'

मैंने कहा–'सेठ पाँच सौ रूपये गिनकर कागज लिख दो। मैं तुम्हारी तिजोरी में हाथ नहीं लगाऊंगा।'

'ऐसा क्यों?'

'मुच्छ वाले लोग किसी भी चीज को मुच्छ से ऊपर नहीं रखते हैं।'

इतना सुनना था कि मै और छोटकी खुशी के मारे दादा जी के गले से लिपट कर उनकी सफेद मूँछों को सहलाने लगे। अम्मा हम दोनों को डांटते हुई बोली–'चलो दूर हटो, छोड़ो, दादा जी को तंग मत करो।'

'रहने दे बहू, मत डांट इन्हें। ये बच्चे हैं। इनके खुशी मनाने के तरीके हम बड़ों से अलग होते हैं। बड़ी तकदीर से ऐसे शरारती बच्चे मिलते हैं।'

आहिस्ता–आहिस्ता समय गुजरता गया। दादी की कमर झुकने लगी थी। दादा जी के मूँछों के बाल सफेद होने लग गये थे। मैं कक्षा आठ पास कर नज़दीक के हायर सेकेंड्री स्कूल में दाखिला ले लिया था। छोटकी का कद बढ़ गया था। वक्त के साथ हम बढ़ रहे थे, बहुत खुशहाल घर था अपना। एक दिन हमारे इस खुशहाल परिवार में किसी की बुरी नज़र लग गयी। हम पर दुःख का पहाड़ टूट पड़ा–माघ का महीना चल रहा था। दादा जी को तीन चार दिन का बुखार आया और दादा जी को साथ ले गया। पूरे इलाके में खबर फैल गयी कि मुंशी रामऔतार नहीं रहे। जो भी सुनता दौड़ा चला आता था, मेरे घर की तरफ मूँछ गिराये हुये।

उनकी अंतिम यात्रा में इतनी भीड़ हो गई थी के पूरे गाँव में मेला जैसा लग गया था। हर किसी की आँख से सावन के बादलो की तरह झरते हुए आंसू उनकी गिरी हुई मूँछों को नहलाते हुये धरती को गीला कर रहे थे। मुझे अच्छी तरह से याद है कि एक सौ एक बड़ी मूँछ वाले लोगो ने अपना-अपना

डंडा तीन बार आसमान की ओर उठाकर धरती में पटक कर तोड़ दिये थे और सब अपनी मूँछें नीचे गिरा लिये थे। यह दादा जी के सम्मान में एक सौ एक मूँछों की सलामी थी।

दादी भी ज्यादा दिन इस दुःख को नहीं झेल पाई। साल बीतते-बीतते वह भी इस फ़ानी दुनिया को अलबिदा कह गई। तो ये सब पुरानी यादें हैं। आज साथ में दादा-दादी, अम्मा-बाबू जी कोई नहीं हैं। सब अपना-अपना रोल निभाकर अज्ञात में विलीन हो चुके है। छोटकी भी बड़की हो गई

मैं तो पैदायसी बड़ा हूँ। मेरा बचपन तो दादा जी के साथ चला गया। जवानी ठीक से आयी नहीं, कम्बख्त बुढ़ापा पहले आ गया। आगे का लंबा सफर है, साथ में यही पुरानी यादें साथ में सफ़र कर रही हैं।

कभी-कभी मन में बहुत दुख होता है, जब अख़बार में चोरी ,डकैती, राहजनी, ठगी , बलात्कार की खबरें पढता-सुनता हूँ। अपने भीतर से सवाल उठता है ऐसा क्यूँ हो रहा है? आदमी, आदमी को क्यूँ खाये जा रहा है? तब भीतर से जवाब आता है–'भई, आदमी बिना मूँछ का है इसलिये सब हो रहा है। मूँछ वाला आदमी अनाज खाता है किसी आदमी को नहीं, दूध पीता है, किसी का खून नहीं। मूँछ वाला व्यक्ति सदाचारी होता है, दुराचारी नहीं होता है ।

इसलिए सरकार से मेरी अपील है कि एक ऐसा सख्त कानून बनाये जिसके तहत बड़ी-बड़ी मूँछें रखना अनिवार्य हो, न रखने पर कम से कम तीन साल जेल की सज़ा मिले। कोर्ट अदालत, जंगल, पुलिस, अस्पताल, बैंक, डाकखाना, रेल-हवाई हर सरकारी मोहकमे में मूँछ रखना अनिवार्य कर दिया जाये।

मेरा देश के आम नागरिकों खासकर पुरुष नौजवानों से विनम्र निवेदन है कि आप सब मूँछ बढाएं। मूँछ की जितनी हो सके सेवा करें और किसी भी बिना मूँछ वाले उम्मीदवार का कतई समर्थन न करें, उसे वोट न करें। घर के बाहर नेम प्लेट के बाजू में एक और प्लेट लगायें, जिसमें बड़े-बड़े काले अक्षरों में लिखा हो। 'मुच्छ नहीं तो कुच्छ नहीं।'

नाक में सवार नदी

आज मैं बहुत गम्भीर सब्जेक्ट पर लिखने जा रहा हूँ, या लिख लिख रहा हूँ। यह कतई हँसी-दिल्लगी की बात नहीं है, वल्कि अक्ल लगाकर सोचने समझने और मनन करने की बात है। मनन करेंगे तो अच्छा, न करेंगे तो भी अच्छा, आप जानें, आपका देव-धरम जाने, मेरा क्या?

मुझे तो कल शाम से ही सर में हल्का-हल्का दर्द हो रहा है, लेकिन मैंने किसी को घर में बताया तक नहीं। क्योंकि मेरे रिसर्च अनुसार दर्द छुआछूत की बीमारी है, भले ही मेडिकल साइंस कुछ भी कहे, मै नहीं मानता। संक्रमण का प्रभाव क्षेत्र सबसे ज्यादा घर में होता है। बाहर न के बराबर होता है। यह महज़ कहने और सुनने से फैलता है। मुँह के चौड़े रास्ते से दर्द निकलकर कान के सँकरे रास्ते से होकर सुनने वाले के दिमाग में पहुँच जाता है।

फिर दिमाग उस दर्द को शरीर के उस भाग में ट्रांसफर कर देता है, जो सक्रिय रहता है। जैसे आपके पैर में दर्द हुआ और आपने मुँह के रास्ते अपनी पत्नी से कह दिया, फिर देखिये श्रीमती जी को कहाँ-कहाँ दर्द होता है।

दर्द मोटे तौर पर मुख्यतया दो प्रकार का होता है एक सहन करने योग्य जिसे सहनीय दर्द कहते हैं दूसरा असहनीय दर्द जो प्रायः सहन नहीं होता ज्यादातर सहनीय दर्द को दिमाग अपने पास ही रोक लेता है और असहनीय दर्द को मुँह के पास भेज देता है और मुँह का काम तो दुनिया जानती है। ये अपने चेम्बर में कुछ रख नहीं सकता।

हमारे प्राचीन ऋषि-मुनियों ने इसीलिये कहा है कि मुँह को साधो, वाणी को साधो, लेकिन इतनी सरल बात साधारण आदमी नही समझ सका। उसने अपना दिमाग लगा दिया। उसने सोचा चेहरा साध लेगें तो मुँह, जीभ, कान आँख और नाक सब अपने-आप सध जायेंगे। चेहरा रूपी घर में इनकी हैसियत कोने में बने बाथरूम से ज्यादा नहीं है। जब घर ठीक होगा तो इनको तो ठीक होना ही पड़ेगा। वह चेहरे में सरसो तिल का तेल लगाने की बजाय बाजारू महँगे क्रीम पाउडर पोतने लगा। सयाने बालों में काला पेंट लगाकर युवा दिखने की कोशिश करने लगा। मुँह को तो गुसलखाने का मेन होल बना दिया।यही पर आदमी से भारी चूक हो गयी। बात का मर्म समझे बिना वह

सिर्फ चेहरा साधने में लग गया। बाकी को ठेंगा दिखा दिया।

चेहरे से जुड़े अंगों को बात नागवार गुजरी सब ने मिलकर आपात कालीन बैठक बुलाई। मुँह महोदय की अध्यक्षता में मीटिंग शुरू हुई। जीभ चटपटी सूत्रधार का रोल सम्हालते हुये बोली- 'भाइयो और बहनों, आज की ख़ास मीटिंग की बजह सबको मालुम है।

सब लोग बारी-बारी से अपनी बात बिना झिझक के अध्यक्ष महोदय के सामने रखेंगे। अध्यक्ष महोदय सबको बतायेंगे की किसे क्या करना है।'

सबसे पहले नाक बोला-'अध्यक्ष जी! मेरे साथ बहुत अन्याय हो रहा है। मेरे सीने में आदमी रात-दिन मोटा और वजनी चश्मा टिकाये रहता है। सुबह-शाम जोर-जोर से साँस खींचता है। अध्यक्ष जी! मुझे भारी तकलीफ है। यह आदमी मुझे सिर्फ तेल, मिर्च-मसाले की तीखी महक सुंघाता है। भूलकर भी मुझे बाग़-बगीचे की तरफ घुमाने नहीं ले जाता है।,

फूल सूंघे हुये तो कई साल हो गये। इत्र की महक भूल चुकी है-डीजल पेट्रोल की गंध सूंघते-सूंघते।'

अध्यक्ष-'साँस का आना-जाना रोक दो।'

नाक-'महोदय, आप पर लोड बढ़ जायेगा।'

अध्यक्ष-'बढ़ने दो।'

कान-'आदमी चिल्लाता बहुत है।'

अध्यक्ष-'सुनना बन्द करो-उसे चिल्लाने दो।'

आँख देवी आप भी कुछ कहें।

आँख-'क्या कहें अध्यक्ष जी! मुझे बताते हुये शर्म आती है। मैं ठहरी स्त्री जाति की मैं सब वो नहीं देख सकती जो आदमी करता है। आप स्वयं समझदार हैं-समझ लीजिए।'

अध्यक्ष-'आप देखना बन्द कर दो।'

जीभ-'अध्यक्ष महोदय ने जिससे जैसा कहा गया है। सब कड़ाई के साथ पालन करेंगें। अध्यक्ष जी! मेरी कोई निजी परेशानी नही है। मैं अध्यक्ष जी के साथ हूँ। उनका जो हुक्म होगा, मैं पालन करूंगी।'

इसी संकल्प के साथ मीटिंग समाप्त होने वाली ही थी की एक विचित्र घटना घटित हो गयी। बाएं हाथ से बालों का गुच्छा लहराती हुई खोपड़ी रोशनदान तोड़कर बैठक कक्ष के बीच में कूद पड़ी और क्रोध से कांपते हुये बोली-

'अरे मूर्खों! तुम सब अपना-अपना काम-धाम बन्द करके क्या कर लोगे?

हाँ-सब के सब बेमौत मारे जाओगे। यह मत भूलो, तुम सब चेहरे के साथ हो। तुम लोगों का अलग से कोई अस्तित्व नहीं है। तुम लोग काम नहीं करना चाहते हो तो मत करो। आदमी से बोलकर मैं दूसरा चेहरा फिट करा दूँगी।'

"तुम्हें जो करना है करो। ये मीटिंग तुम्हारी बजह से हुई है और सुनो, धमकी मत दो, लगवा लेना चेहरे पे चेहरा। दोबारा से मीटिंग करके तुम्हारी प्लानिंग चौपट कर देंगे-समझी। तुम्हें शायद मालुम नहीं है, मीटिंग में वो दम होता है कि बड़ी-बड़ी प्लानिंग फेल हो जाती है।' जीभ भी नहले पे दहला जड़ते हुये बोली।

आख़िरकार मुँह ने दोनों को समझा-बुझाकर शांत कराया। पैर पटकती हुयी खोपडी वहाँ से चली गयी थी।स्ट्राइक का निर्णय यथावत रखा गया। अब रोजमर्रा के काम में आदमी के सामने बड़ी मुसीबत आ गई।

अब आदमी समझ नहीं पा रहा था के शरीर के ऊपरी पुर्जों में क्या गड़बड़ी आ गई.है। पहले की तरह न तो हम सुन पा रहे हैं न देख पा रहें हैं। दूर से घोड़ा जैसा आदमी बन्दर जैसा दिखता है। गाय रंभाती है तो लगता है पत्नी बाजार से सब्जी मंगा रही है।खाने का स्वाद भूसे की तरह लगता है, न मिर्च का टेस्ट न नमक-मसाले का स्वाद, भारी कंफ्यूजन है। अचानक ये सब क्या हो गया? कल तक तो सब ठीक-ठाक रहा। उसने मित्रो हितैषियों से मशवरा किया लेकिन सब व्यर्थ, सबकी हालत एक सी। तब उसकी खोपड़ी ने हिन्ट किया-मॉर्निंग वॉक शुरू करो। सब ठीक हो जायेगा।

'सुबह शाम की हवा, सौ मर्ज़ों की एक दवा।'

एक दिन सुबह-सुबह भारी मुसीबत आ पड़ी, हुआ यूँ कि खोपड़ी की सलाह मानकर वह मॉर्निंग वॉक में गया हुआ था। उसे पक्का यकीन था कि

मॉर्निंग वॉक से सब ठीक हो जायेगा। खोपड़ी से प्राप्त मैसेज कभी गलत नहीं हो सकता है। नाक तो इसी दिन की तलाश में था, कि कब ये सुबह की सैर में निकले और मुझे हमला करने का मौका मिले-सो आज मिल ही गया। आदमी बाहर निकलते ही शुरू हो दिया-आक्क छिं, आक्क् छी। लगातार

दस मिनट तक। फिर वह मुँह से बोला-'भैया, लोड बढ़ा रहा हूँ, आप संभाले रहना।'

मुँह बोला-'नाक भाई, जरा धीरे-धीरे लोड देना। एक दम से नहीं। कहीं ये अकबकाकर मर न जाये। भाई, कुछ भी हो, है तो अपना आदमी। ठीक है, आज हम लोगों को भूल गया है। हो सकता है कल खोपड़ी घूम कर दक्षिणायन हो जाये और इसे अपनी भूल का अहसास हो जाये? हम इसका नुकसान नहीं चाहते, हमनें इसका नमक खाया है, इसलिए इसे सुधारने की कोशिश करेंगे।'

'आँख बहन! तुम्हें जो अच्छा लगे, वही देखो। जो अच्छा न लगे, मत देखो। कान भैया तुम भी अपना द्वार जरूरत अनुसार खोलते-बंद करते रहना।

हमें इसे सुधारना है, तबाह नहीं करना है। खोपड़ी की नीयत साफ नहीं है, हम उसे चेहरे पर चेहरा फिट नहीं करने देंगे।'

नाक-'ठीक है, जब सबकी यही इच्छा है तो मैं दोनों दरवाजे खोले देता हूँ।'

मुँह-'नहीं, नहीं, ऐसा मत करो। बारी-बारी से छेद खोलो, बंद करो। मृत्यु समय में दोनों छेद खोले जाते हैं। सबको अपनी मन-मर्जी से काम करना है। परन्तु आदमी को थोड़ी बहुत राहत भी देनी होगी-थोड़ी-बहुत कर्फ्यू में भी ढील दी जाती है।'

नाक-मीटिंग में तो आप बोले थे-'साले की साँस बंद कर दो।'

मुँह-'तुम बहुत गुस्से वाले हो। जरा समझा करो। मीटिंग में जो तय होता होता है या बोला जाता है, कभी पूरा का पूरा अमल होता है। तुम्हीं बताओ देश का मुखिया हर साल पंद्रह अगस्त को देश की मीटिंग में क्या-क्या नहीं बोल जाता है। हर बार पड़ोसी देश को ललकारता है-'खबरदार! अब कोई गफ़लत

बर्दास्त नही होगी। हम हर गलत हरकत का मुंहतोड़ जबाब देंगे, ईंट से ईंट बजा देंगें।' कभी देखा है, इन्हें खपड़ा तक बजाते हुये। ईंट तो भारी होती है। इस बुढ़ापे में ईंट हाथ से उठेगी नहीं-बजाना तो दूर की बात हुयी। मित्रों, झूठ बोलने की अपनी पुरानी परंपरा है। इसका भी निर्वाह होना चाहिये। फिर भी कोई फ़िक्र नहीं, हम आदमी नहीं हैं न होना चाहते हैं। हम केवल आदमी के जरूरी अंग हैं। भले आदमी के चेहरे पर भगवान नाम के मिस्त्री द्वारा फिट किये गये हैं। हम स्वाभिमानी हैं। अपनी उपेक्षा हरगिज बर्दास्त नही करेंगे। इसे अपना महत्व समझा के रहेगें। आप सबसे ये मेरा वायदा है।' जीभ-मुँह भैया! खोपड़ी बहुत शातिर है। मुझे डर है, ये कहीं लकवा न मरवा दे। हम लोगो को टेड़ा करके न रख दे।'

मुँह-'वो ऐसा नही कर सकती। उसे मालुम है, हर अस्पताल में अपना नाक-कान-गला विभाग है। वहाँ के डॉक्टर ऊँची नाक वाले हैं। वे हमें टेढ़ा नही होने देंगे उल्टे खोपड़ी को ही पागल करार देंगे।'

आदमी मॉर्निंग वॉक अधूरा छोड़कर घर लौट आया और अपने निजी डॉक्टर को फोन मिलाया। दोनों तरफ से हलो की आवाज निकली परन्तु कोई भी एक दूसरे की बात सुन नहीं पाया। कान ने अपना काम कर दिया था। आदमी परेशान हो डॉक्टर के घर पहुँच गया।

इधर मुँह ने कान से कहा-'भैया थोड़ी कर्फ्यू में ढील देना। डॉक्टर से मरीज की बात हो जानी चाहिए।'

आदमी डॉक्टर से परेशानी बताते हुये बोला-डॉक साब! मुझे बराबर न तो सुनाई देता है, न दिखाई देता है। मुँह में छाले आ गये हैं। ठीक से खा-पी नहीं पाता ऊपर से यह जुकाम नाक में दम किये है। साँस लेते नहीं बनता मुँह से साँस ले रहा हूँ।'

डॉक्टर-'यही तकलीफ मेरे घर में सभी को है, मुझे भी है। नामालुम कैसे इस समय आपको देख-सुन पा रहा हूँ। मुझे तो लगता है आदमी नाम के जीव को भूत लग गया है।'

आदमी-'तो क्या किया जाय डॉक साब, बहुत घबराहट हो रही है। 'क्या कहीं बाहर जाकर बड़े अस्पताल में दिखाया जाये?'

डॉक्टर–'कोई फायदा नहीं, बाहर भी यही हाल है। कल बॉम्बे फोन मिलाया था। उधर किसी को फ़ोन नहीं दिख रहा था। फिर कुछ देर में फोन दिखने लगा। तो वहाँ के डॉक्टर ने मुझे फोन किया–मैंने उसको अपनी परेशानी बताई, सुनकर वह बोला–

'किडनी फेल है, तो हम क्या करें मेरी भी एक फेल है। तुम डोनर का जुगाड़ करो। सर्विस चार्ज नहीं लगेगा।'

आदमी–'फिर क्या हुआ?'

डॉक्टर–'होना क्या था, मैंने फोन पटक दिया–वो देखो टूटा पड़ा है।

आदमी बहुत दुखी मन से धीरे-धीरे घर की ओर न चल पड़ा। तभी उस आदमी की खोपड़ी मौके की नजाकत को समझकर बोली–

'आप सब से निवेदन करती हूँ–इस अंजान जीव को बख्स दो। इसकी आदतें सुधरने वाली नहीं हैं। जैसा चल रहा है, चलने दिया जाए। वैसे भी ढेर सारा जहर खा-पीकर बहुत दिन जियेगा नहीं। फ़िज़ूल में हम सबके ऊपर इल्ज़ाम आयेगा की आप लोगों ने असहयोग किया है।'

आँख–'उस दिन तो तुम बहुत ताव झाड़ रही थी–चेहरा पे चेहरा फिट करा देंगे। अब क्या हुआ? सारी हेकड़ी भूल गई न।'

खोपड़ी–'मैं सबसे मुआफी चाहती हूँ। मुझसे गलती हुई है। शरीर के बाकी अंगों से भी मैंने बात की है, वे सब बीमार हैं। सब थोड़े दिनों के मेहमान है। लेकिन जिसका जितना जी चल रहा है, काम कर रहे हैं। आप लोग यह सत्य जान-समझ ले, धीरे-धीरे, बारी-बारी से हम सब पहले मरेंगे, तब सबसे अंत में यह आदमी मरेगा।'

खोपड़ी की बात को सबने मंजूर कर लिया था, सिवाय नाक के। वह छींकने में मशगूल था–गुस्सैल नाक पर आज नदी सवार थी।

लोटा और मैं

एक ऐसी कहानी आज दिमाग के भंडारण कक्ष में कुलबुला रही है, जिसे जब-जब लिखने को सोचा, कोई न कोई कारण ऐसे बना की लिख नहीं पाया। वह आज भी दिमाग के ज़ीरो डिग्री टेम्प्रेचर वाले कोने में मिश्र के पिरामिड में रखी ममी की तरह सुरक्षित है। विद्वानों का मानना है कि कहानी को कुछ ऐसे घुमा फिराकर लिखना चाहिए कि सही बात का अंदाज़ा पाठक को सौ साल बाद भी न चले। लोग पूछते हुये घूमें–'उस कहानी का मतलब मुझे समझ नहीं आया जो हमारे दादा जी पढ़े, फिर पिता जी पढ़े और अब मैं पढ़ रहा हूँ।'

मुमकिन है मेरा बेटा भी पढ़े, बेटे का बेटा भी पढ़े। पढ़ते-पढ़ते किताब भले टुकड़े-टुकड़े हो जाये, पर कहानी वहीं की वहीं रहेगी। इसे कहते है कालजयी रचना। लिखने वाला तो लिखकर दुनिया से बिदा हो गया। उसके जिंदा रहते खाना-खराब होने के डर से किसी ने पढ़ा ही नही, जिसने पढ़ा भी तो सिर्फ ऊपरी कवर ही पढ़ा, इतने पर ही दावा ठोंक दिया कि बहुत अच्छी किताब है। मेरी समझ में आ गई है। अब, जब लिखने वाला मर गया है तब चलें है शोध करने। अरे भई! पहले ही शंका उठाये होते तो समाधान मिलने के पचास फीसदी चांस थे, सब लेखक के घर जाते और गर्दन मरोड़कर उससे पूछते, बता! ये क्या गड़बड़झाला लिखा है–मतलब समझा। मुझे यकीन है आधा अर्थ तो वह बता ही देता, आधा तो उसे खुद ही नही मालुम। गर्दन की पकड़ थोड़ी और कड़ी करते, तो यही कहता–'जितना मैंने लिखा है, उतना बता दिया। बाकी का खुदा ने लिखा है, जाकर उसी से पूछो।'

महाभारत के युद्ध में श्रीकृष्ण भगवान की मौजूदगी में एक ऐसे गदा युद्ध का वृतांत आता है जो आज तक मेरे लिए किसी रहस्य से कम नहीं है। भीमसेन और दुर्योधन दोनों ही महाबली और महा योद्धा थे। दोनों में दस-दस हज़ार हाथी के बराबर बल था। दोनों के गुरु हलधर यानी बलदाऊ जी थे। कथा के अनुसार दुर्योधन, भीमसेन से डरकर तालाब के पानी में साँस बांधकर घुस गये थे। भीमसेन ने जब उन्हें युद्ध के लिये ललकारा था तब उन्हें गुस्सा आया था, कहते हैं कि योद्धा को ललकारने पर क्रोध आ जाता है। यह

सत्य है। आज भी लोग इस नियम का पालन कर रहें है, अब भी किसी में इतनी हिम्मत नहीं है कि योद्धा को ललकार दे। दुर्योधन, भीमसेन की ललकार सहन नहीं कर पाये। शायद उन्हें गुस्से के साथ जोश भी आ गया था और लड़ने के लिए पानी में फूला गदा लेकर सरोवर से बाहर आ गये थे। फिर आगे का वृतांत सभी को पता है।

अब मेरे मन में सवाल यह उठा कि जब दुर्योधन महा-योद्धा थे, दस हज़ार हाथी के बराबर बल रखते थे तब भीमसेन से डरकर पानी में क्यों घुस गये? उन्हें योद्धा धर्म का पालन करना चाहिए था। खैर-जब अज्ञात कारणों से सरोवर में छिप ही गये थे तो छिपे ही रहना था, भीम की गर्जना सुनकर क्यों बाहर आ गये? मेरी समझ अनुसार दुर्योधन डबल गल्ती कर गये। भीमसेन टेंट लगाकर पहरा तो न देते, थक हार कर शाम को घर लौट जाते। और आराम से रात के अंधेरे में दुर्योधन स्वयं को सुरक्षित कर सकते थे। भीमसेन हस्तिनापुर की पूरी फ़ोर्स लगा देते तब भी दुर्योधन को खोज नहीं सकते थे। इस तरह की शंकायें सवालों का रूप लेकर मेरे जहन में उतर गईं। उस समय मेरी मुश्किल से दस या बारह साल की उमर रही होगी और पिता जी की नज़र बचाकर चोरी से महाभारत का यह प्रसंग पढ़ लिया था।

शंका समाधान होना निहायत जरूरी मानता हूँ, चाहे वह लघु शंका हो या दीर्घ शंका हो, उचित समय पर समाधान न मिलने पर शंकाये जान लेवा हो सकती हैं। पिता जी से पूछने की हिम्मत तो थी नहीं, क्योंकि उनकी चोरी में महाभारत जो पढ़ लिया था। इसी तर्क-कुतर्क में कई दिन रहा, कोई मान्य उत्तर नहीं मिला। किसी और से पूछें तो किससे पूछें? मेरी नज़र में कोई जानकार दिख नहीं रहा था। आखिरकर लालटेन की मरियल रौशनी में एक उम्रदराज शक्ल नज़र आ गयी-वो शक्ल थी, पंडित रामकुशल तिवारी की।

तिवारी जी जन्म से लेकर मृत्यु तक के सभी कर्म कांड के जानकार थे। थोड़ी बहुत ज्योतिष, वेद-पुराण भी देख-सून लेते थे। लवेद विद्या के उस्ताद और सत्यनारायण की कथा के स्पेस्लिस्ट तो थे ही। उन्होंने अपने जीवन काल में सैकड़ो लोगो को कथा बांचने में पारंगत किया है। उनकी लगाई फसल आज भी खूब फल-फूल रही है।

मै बड़े सबेरे उठकर पंडित जी के घर की ओर हाथ में लोटा लेकर चल दिया, खाली हाथ जाने से लोग सवाल करते-'कहाँ जा रहे हो, इतनी

सुबह? लेकिन लोटा हाथ में होने और लोटा पकड़ने के अंदाज़ से लोग सहज अनुमान लगा लिये कि लोटा लेकर मैं कहाँ जा रहा हूँ। लोगों की आँखों में धूल झोंकने का यह प्राचीन और कारगर तरीका है। न जाने कितने लोग घर से लोटा लेकर गये और आज तक घर नही लौटे। सर्वे किया जाये तो महिलाओं का प्रतिशत अधिक आयेगा। जब मैं पंडित जी के यहाँ पहुँचा। तो पहले से ही एक आदमी शंका समाधान के लिए चबूतरे में बैठा था। मैं भी लोटा दूर रखकर उसके पीछे बैठ गया।

पंडित जी की शंका समाधान की यह सेवा सभी के लिए फ्री थी-अलबत्ता आगे के काम की फीस लेते थे। थोड़ी देर में पंडित जी अधोवस्त्र में राम-राम का जाप करते हुये बाहर आये और चबूतरे में बैठे हुये आदमी से खड़े-खड़े ही बोले- 'बताओ कैसे आना हुआ?'

'परसो से मेरा बैल कहीं चला गया है, पंडित जी।' उस आदमी ने जवाब दिया।

'दिन में गया या रात में?' पंडित जी लकड़ी की एक टूटी कुर्सी में बैठते हुये बोले।

'सुबह गया है।' मेरी घरवाली उसे चार-पाँच बासी रोटी खिलाकर खुले मैदान की तरफ हांक दी थी। तब से वह घर नहीं लौटा है। कल दिन भर चारों तरफ उसकी खोज खबर किया। कहीं भी पता नहीं चला।' उस आदमी ने बताया।

'रंग, रूप, बंद-बैठकी, कद-काठी, कैसी है?'

'काले और गोर के बीच का रंग है। सींग सीधी छोटी-छोटी मजबूत कद काठी का सांड है। आदमी को देखकर मारने दौड़ता है, औरतों को नहीं बोलता है।'

'आ जायेगा? अभी देखता हूँ।' कुर्सी से उठते हुये पण्डित जी बोले।

'न-न पंडित जी! इसके चले जाने से मैं बहुत खुश हूँ-चाहता हूँ, अब लौट कर घर न आये। लेकिन मेरी घर वाली बहुत दुखी है। जब से बैल गया है उसने खाना पीना छोड़ रखा है।' उस आदमी ने कहा।

'ऐसा क्यों?-बात पूरी समझाकर बताओ।

वह आदमी पंडित जी के पास सरक गया और फुसफुसाकर बोला–'पंडित जी, दरअसल हुआ ये है कि जिस घड़ी में मेरे श्वसुर की मृत्यु हुई। ठीक उसी घड़ी मेरे घर में इस बछड़े का जन्म हुआ है। अब ये चार साल में पूरा बैल हो गया है। पत्नी को पूरा यकीन है कि मेरे पिता जी का बछड़े के रूप में पुनर्जन्म हुआ है। क्या कहें पंडित जी, मेरी सारी कमाई ये बैल खाये जा रहा है। भूखों मरने की स्थिति आ गई है। मेरी घरवाली सबसे पहले बैल को खिलाती है।

कहती है–पिता जी खा लें तब तुम सब खाना।'

'बहुत गम्भीर बात है, क्या नाम है तुम्हारा?' पंडित जी बोले।

'सुआदीन।'

'तुम्हारी औरत का?'

'सुअनी।'

'और उस बैल का–मेरा मतलब तुम्हारे स्वर्गीय श्वसुर का?'

'जी, थोड़ा सोचकर वह बोला–मंगल परसाद।'

'बैल परसों से घर नहीं आया है, परसों भी मंगलवार था।'

'हाँ, पण्डित जी।'

'देखो सुआ! तुम्हारी पत्नी की बात बिल्कुल सही लग रही है। मुझे भी लगता है कि तुम्हारे श्वसुर की आत्मा उस बैल में है। जरा ठहरो अभी किताब से पक्का किये लेते है।'

पंडित जी कुछ देर को भीतर गये और पूरा पोथी-पत्रा उठा लाये। उसमें से एक किताब खोलकर बोले–'तारीख बताओ श्वसुर कब मरे?'

'मुझे तारीख याद नही है पंडित जी।' वह बोला।

'कोई बात नहीं, दिन और समय बताओ?' पंडित जी ने कहा।

'शनिवार का दिन रहा–हाँ हाँ–शनिवार ही था। मेरा व्रत था उस दिन और टाइम यही कोई शाम के सात का रहा होगा।' दिमाग में जोर देकर

सुआदीन बोला।

पंडित जी किताब के पन्ने पलटते-पलटते एक जगह रुक गये। दस मिनट तक इधर उधर ऊँगली नचाते रहे, फिर चेहरे को और गम्भीर बनाते हुए बोले-'लो, कन्फर्म हो गया। शंका सच निकली। वह बैल ही तुम्हारा श्वसुर है, यानी श्वसुर की आत्मा बैल में है।'

फिर दायीं हथेली किताब में पटकते हुये बोले-मैं अपने से कुछ नहीं कहता, ये शास्त्र कहता है-शास्त्र कभी झूठा नही होता।'

'कुछ करिये पंडित जी!' सुआदीन पंडित का पैर पकड़कर बोला।

'वो बैल अभी दो चार दिन में अपने से घर लौट आयेगा। अभी वह कहीं घूमने गया है।'

'नहीं-नहीं-पंडित जी, साले को घूमने दीजिये, लौटकर घर न पहुँचे-किसी लारी ट्रक से कटकर मर जाये।' सुआदीन गिड़गिड़ाकर बोला।

'हो जायेगा-सब हो जायेगा। शास्त्र में सबके उपाय लिखे हैं। चिंता मत करो।'

'ये लड़का?' पंडित जी, मुझे देखकर पूछे।

'मेरा नहीं है।' सुआदीन बोला।

'ये लड़के! तेरा काम क्या है?-जल्दी बोल।'

'कुछ खास नहीं, पंडित जी-कुछ शंका समाधान करना था।' मैंने बताया।

'ठीक है, तेरी भी शंका दूर करेंगे। चल छाया में सरक जा, तेरी तरफ धूप है।'

मै थोड़ी और सरक गया और उन दोनों की ओर पीठ करके जमीन में खाँचे बनाकर खेलने लगा। ताकि उन्हें ये लगे कि मैं उनके बीच की बातें नहीं सुन रहा हूँ पर मेरे कान का कनेक्शन तो उधर ही फिट था।

'देखो सुआ! ये अच्छा है कि बैल अभी घर में नहीं है, तफरीह में गया है। अभी सस्ते में उपाय हो सकता है। बैल के घर आने पर उपाय बहुत मंहगा हो जाएगा।'

'मुझे क्या करना होगा? गुरुवर!' सुआदीन ने पूछा।

'तुम्हें कुछ नहीं करना है। जो करना है, मुझे करना है। पूजा-पाठ की सामग्री लगभग पांच सौ की होगी। मैं बताये देता हूँ, बाजार से ला दो या मुझे नकद दे दो। मैं मंगाकर पूजा शुरू कर दूँगा। पूरे ग्यारह दिन लगेंगे। समझकर अपनी खुशी से मेहनताना दे देना।'

'गरीब आदमी हूँ-माई बाप! इतनी बड़ी रकम नहीं है मेरे पास। कैसे हो पायेगा? अभी पिछले साल बिटिया के विआह का कर्जा पटा नहीं है।' सुआदीन रुआंसा होकर बोला।

'उस बैल के भीतर तुम्हारे श्वसुर की आत्मा है, सीधे-सीधे कहें तो बैल के रूप में तुम्हारे घर में भूत पल रहा है। बहुत बड़ा खतरा हो सकता है। इसलिए उपाय भी तगड़ा होना चाहिए। इस हिसाब से पांच सौ की सामग्री लग ही जायेगी। इसमें कमी नहीं की जा सकती। रह गयी बात मेरे मेहनताना और दक्षिणा की, मत देना-इसके बदले में बीच-बीच में मेरे घर का काम देख लिया करना। तुम गांव घर के अपने आदमी हो, इतनी रियायत तो करनी पड़ेगी। जानते हो, कल शाम को एक साहब आया था। मोटर में चढ़कर-उसका साथी कुत्ता गुम गया था। मेरे किये उपाय से उसका कुत्ता घर आ गया, वो मुझे एक हज्जार नकद और धोती-चड्डी का लकालक कपड़ा दे गया है।' पंडित जी ने बताया।

'ठीक है पंडित जी! मंजूर है, अभी तीन सौ पास में हैं-रख लें। दो चार दिन में बाकी का दे जाऊँगा।'

'किसी को बताना नहीं-घर गाँव, कहीं भी, अन्यथा पूजा पाठ बेकार हो जायेगा।' पंडित जी हिदायद देकर बोले।

'नहीं कहूँगा। परंतु ये लड़का?'

'अरे! ये क्या जाने? दूर बैठा कंचे खेल रहा है। अब तुम जाओ। बाकी का इंतज़ाम जरा जल्दी करना।' पंडित जी सुआदीन को समझाकर बोले।

सुआदीन जाने को उठ गया था। मैं सीधा फिर गया था। पंडित जी भीतर चले गये थे, शायद सुआदीन से मिले नोटों को रखने गये थे। वे जल्द ही बाहर निकले और खड़े-खड़े ही मुझसे बोले-'बताओ तुम्हारी क्या समस्या है।'

'पंडित जी मेरी कोई निजी समस्या नहीं है। महाभारत का एक प्रसंग प्रश्न पैदा करता है कि भीम से डायरेक्ट लड़ने के बजाय दुर्योधन डरकर सरोवर के पानी में घुस गये थे। जबकि वे भी महाबली थे। चाहते तो दो चार गदा से ही भीम को धूल चटा सकते थे लेकिन लड़ने की बजाय पानी में छिप गये।'

'देखो लड़के! बातचीत से लगता है-किसी समझदार और पढ़े लिखे घर के हो। तुम्हे मेरी सलाह है कि मार-धाड़ वाली बातें मन में मत लाया करो। इससे तुम्हारे कुल का नाम खराब नहीं होगा। रही बात दुर्योधन और भीम की-किस्सा कहानी है। मैंने या किसी ने देखा तो है नहीं, इसलिये इस पचड़े से दूर रहना ठीक होगा।'

'आप महाभारत तो पढ़े होंगे, पंडित जी?' मैंने पूछा।

'मैं फालतू की किताबें नहीं पढता। अपना काम रामायण से चल जाता है। वह भी पूरी नहीं-'भये प्रकट कृपाला, दीन दयाला से लेकर-राम देखें सिया को सिया राम को-चारु अखियां लड़ी तो लड़ी रह गईं। "बस, इतने तक में अपना काम चल जाता है। बहुत हुआ तो सुन्दर कांड, हनुमान चालीसा, बजरंग बाण पढ़ लिया। बाकी तो दुःख-वियोग, लड़ाई-झगड़ा है। इन सबसे दूर रहता हूँ। अब तुम जाओ यहाँ से मुझे बहुत काम है। पंडित जी बोले।

'बस एक बात और पंडित जी!'

'जल्दी बोलो।'

'सुआदीन का बैल तो अब वैसे भी नहीं लौटेगा। किसी ने चुरा लिया होगा। और आप शास्त्र का भय दिखाकर उस गरीब से पाँच सौ रूपये ठग लिये?'

मेरा इतना कहना था कि पंडित जी के गुस्से का पारा सातवें आसमान में पहुँच गया-वे डपटकर बोले-'मुझे ठग बोलता है, शास्त्र को झूठा बोलता है, ठहर अभी मज़ा चखाता हूँ-।'

पंडित जी, पास में रखा डंडा उठाकर मुझे मारने दौड़ पड़े। मैं अपनी जान बचाकर लोटा वहीं छोड़कर पूरी ताकत से भागा। वे कह रहे

थे–'खबरदार! यह बात अगर किसी को बताया तो टांग तोड़ दूँगा।'

इसलिये पचास साल हो रहे हैं, किसी से कुछ नहीं कहा। अब पंडित जी मर गये हैं। इसलिये लिखाई-छपाई में अब कोई डर नहीं हैं। लेकिन आज तक अपना लोटा नहीं भूला हूँ। जब-जब लोटे की याद आती है, आँसू निकल पड़ते हैं। रोने लगता हूँ-हाय! मेरा लोटा?? कहाँ और किस हालत में होगा? कहीं उस पंडित के लड़कों ने बाप के मरने पर महापात्र को दान न कर दिया हो।

सावधान, गाँव प्रगति में है।

जब कभी मन, मन भर का हो जाता है तो हल्का होने के लिये गाँव की तरफ पैर कर लेता हूँ। जिधर आपको यात्रा करनी हो, उस दिशा में पैर होना बहुत जरूरी है, तभी गंतव्य तक पहुँच पायेंगे, अन्यथा भटक कर और कहीं जा सकते है। मुँह के साथ सहूलियत है, जिधर मन करे घुमा-फिरा सकते हैं, लेकिन पैर नहीं। मेरा गाँव दक्षिण दिशा में पड़ता है। लोग उस दिशा में जीते जी पैर नहीं करते हैं। बहुत अशुभ मानते हैं। पर मै क्या करूँ?

जब भगवान ने मेरा पूरा गाँव ही दक्षिण दिशा में कर दिया है।

एक दिन की बात है बाजार में मेरा पुराना सहपाठी 'बिज्जू' मिल गया। वैसे उसका पूरा नाम ब्रिजनारायन है, लेकिन गाँव में उसे 'बिज्जू' ही कहते हैं। गाँव में ज्यादा बड़े नाम नहीं चलते। लोगों से कहते नही बनता है। वहाँ के लोग आज भी कलेक्टर को कलट्टर, मास्टर को महट्टर कहते हैं। जैसे मैं डा. रघुवर प्रसाद पाठक एम-ए, पी-एच डी गाँव में 'रग्घू' कहलाता हूँ।

बिज्जू मिलते ही वह बिना आगा-पीछा सोचे हुये तपाक से बोला-'भाई! बहुत दिनों के बाद मिले, शहर में कहाँ घर बना लिये हो? कभी नाम-पता बताते नहीं, गाँव-घर भी आजकल आना-जाना कम किये हो।'

इतने सभी सवालों के एक साथ जबाब देना मेरे लिए तो क्या, सत्ता पक्ष के नेता के लिए भी मुश्किल है। सो मैंने कह दिया-'कल गांव जाने की सोच रहा हूँ।'

बिज्जू को मेरा जबाब पसन्द नहीं आया, वह बोला-'सोचने की तुम्हारी पुरानी बीमारी है। जब कल आ जाओ, तब सही माने। कितने साल पहले तुमसे कहा था बड़का दशमी पास है। खाया-पिया, लम्बा-तगड़ा है। कहीं उसका भी जुगाड़मेन्ट भिड़ा दो। पर तुम कुछ नहीं कर पाये, बस सोचते ही रह गये।'

'देखो बिज्जू! अंग्रेजी में एक कहावत है- 'ऑल दैट्स हैपेन्स, हैपेन्स फ़ॉर द गुड।'

'भैय्या! हिंदी में समझाया करो, तुमें तो पता है-दशमी फेल हूँ।'

'वही-वही, कहते हैं-'जो होता है, अच्छे के लिये होता है।'

'सोचो, जो कहीं चार पैसे की नोकरी मिल भी जाती तो चपरासी का चपरासी ही रहता, मास्टर का मास्टर या पटवारी का पटवारी ही रहता। आज वह गांव का सरपंच है, मुखिया है। गाँव में उसकी चलती है। पुलिस कचहरी में उठना-बैठना है। क्या पता कल को तरक्की कर जाये, एम.एल.ए. विधायक बन जाये। सच पूछो तो इस गली से गुजर कर लोग भगवान बन जाते हैं। जीते जी उनके मन्दिर बन जाते हैं। पूजा होने लगती है।

'हाँ भैया, तुम भले आदमी हो, मेरे पुराने साथी हो, इसलिये मेरे घर के बारे में अच्छी सोच रखते हो, बाकी तो पूरा गांव जलता है।' बिज्जू मेरे उत्तर से खुश होकर बोला।

'छोटू क्या करता है? दसमी पास हुआ की नहीं?' मैंने बिज्जू के छोटे लड़के के बारे में पूछा।

'काहे को भैया! पर इस साल पास होने के पक्के चांस है। बड़के की बात बड़े मास्साब से हो गई है। लेकिन एक बात है-।'

'क्या ??' मैंने उत्सुकता से पूछा।

'किरकेट बहुत बढ़िया खेलता है। ऑल राउंडर है। कहीं भी खड़ा कर दो, खेल जायेगा। प्रेनसपल साब तो यहाँ तक कहते हैं-'ये लड़का बिल्कुल 'सच्चिन टेंडोलकर' की तरह छक्का जड़ता है। यह तुम्हारे कुल का नाम रोशन करेगा। एक दिन की बात है, स्कूल से किरकेट खेलते-खेलते ऐसा छक्का जड़ा कि गेंद उड़कर 'कुदानी चाचा' के भैंस को लगी।'

'अरे! भैंस को चोट लगी होगी?'

'अरे, नहीं-रग्घू! पूरी बात तो सुनो।' बिज्जू जेब से बीड़ी निकालता हुआ बोला।

'भैंस चार फिट ऊपर खूंटा सहित कूद गई।'

'कुदानी चाचा तो नाराज हुए होंगे?'

'नाहीं-कुदानी चाचा बड़ी सोच के आदमी हैं, वे कह रहे थे-'देख लेना मेरी भैंस इस साल की हाई-जम्प में शील्ड लेकर आयेगी।' बिज्जू बीड़ी जलाता हुआ बोला।

'बधाई हो बिज्जू ! तुम भाग्यशाली हो जो ऐसे होनहार लड़के भगवान ने तुम्हें दिये हैं, ये आगे चलकर बड़ी तरक्की करेंगे। कुल-खानदान के साथ देश का नाम रोशन करेंगे।'

मेरे पास और भी कई काम थे इसलिए उससे पिंड छुड़ाना चाहता था, सो मैं झूठ बोल गया-'बिज्जू मुझे जाना चाहिये। मेरा शाम वाला टेम हो रहा है। पेट में मरोड़ उठ रही है।'

'ठीक है जाओ, पर कल जरूर आना। और हाँ, रात में आने नहीं देंगे।

अभी से बताये देते हैं, कोई बहाना नहीं चलेगा।'

बाज़ार का सब काम-धाम निपटाकर मैं घर आ गया। रात में पत्नी से बताया कि कल गाँव जा रहा हूँ। कल बाजार में बिज्जू मिला था, कह रहा था-कभी गाँव नहीं आते हो?

'जाओ न, इसमें परमीशन की क्या जरूरत।' अनमने भाव से पत्नी ने जवाब दिया। मैं करवट बदल कर सो गया। सुबह का जागरण मोबाइल फोन की घण्टी से हुआ। मैंने फोन रिसीव किया और रीति रिवाज अनुसार बोला-हैलो !! जबाब में उधर से आवाज आई-'हेल्लो! आप कहाँ से बोल रहे हो?'

नींद खराब करने की झल्लाहट तो थी ही कुछ अटपटा भी लगा-कैसा चूतिया आदमी है-फोन किया है और इसे पता नही कहाँ और किसको किया है। उसे, उसी की भाषा में जबाब देना ठीक समझकर मैंने बोल दिया-'मुँह से बोल रहा हूँ, लेकिन तुम कहाँ से बोल रहे हो??'

'मै भी मुँह से ही बोल रहा हूँ।' उसने भी जबाब दिया।

'भाई बहुत खुशी हुई आपसे मिलकर-कम से कम आप तो ऐसे मिले जो मुँह से बोल रहे हैं।

'और कहाँ से बोला जाता है?' उसने फिर पूछा।

'पता नही भाई, साइंस वाले जाने....मुझे मालुम नही है।'

फोन कट चुका था, फिर भी मुझे यह सोचकर अच्छा लगा कि चलो-किसी ने पहली बार मुझे मुँह से फोन किया है। वो भी क्या याद रख्खेगा कि आज उसकी भी किसी मुँह से बात हुई है।

कुछ देर बाद फिर मोबाइल की घण्टी बजी-फिर से मैं हल्लो बोला। उधर से कड़कदार देहाती आवाज आई-'हल्लो! रग्घू से बात करना है।'

'हाँ, बोल रहा हूँ। मैं बिज्जू की आवाज पहचान कर बोला।

'भाई आज आ रहे हो?'

'हाँ, शाम तक पहुँच जाऊँगा। मैंने उसे बताया।

गाँव शहर से ज्यादा दूर नहीं है, कभी नापा तो नहीं और न किसी ने नापकर पत्थर ही गाड़े हैं कि बिलकुल सही-सही कहा जा सके कि शहर से गांव की दूरी इतने किलोमीटर है। वैसे पेट भर भरी टैक्सी में दो घण्टे और पेट बाहर लटकती टैक्सी में तीन से चार घण्टे में पहुँचा जा सकता है। मोटर साइकिल से घोडा कट बाल रखने वाले एक घण्टे में तथा सफेद बाल और हेलमेट वाले दो घण्टे में आ जाते हैं। इसलिये पक्का बता पाना के गाँव कितनी दूर है, अभी तक सम्भव नहीं हो पाया है। शहर से गाँव तक पक्की सड़क है, जो दोनों किनारे से उधड़ गई है, बीच में लकीर के रूप में बची है, इस सड़क पर बाइक चलाने से बड़े से बड़ा कमर दर्द और पीठ का दर्द अपनी जगह छोड़कर घुटनों के रास्ते धरती में समा जाता है, यह मेरा निजी अनुभव है।

दोपहर दो बजे ही गाँव के लिये मोटर साइकिल से मैं चल पड़ा था। क्योंकि ठण्ड के दिनों में पांच बजे से ही रात होने लगती है और फिर अँधेरे में गाँव पहुँचने की कोई गारंटी नहीं है। हालांकि किसी बड़ी वारदात की जानकारी नहीं है-फिर भी गाँव के विकास में लगे नौजवानों को बीच-बीच में कुछ न कुछ ऐसा करिश्मा करना पड़ता है कि गाँव का नाम पुलिस रिकॉर्ड में आता रहे। ये गाँव की इज्ज़त का सवाल है। मैं इसे बिलकुल गलत नहीं मानता। गांव के विकास में भले मेरा योगदान न हो लेकिन विकास में बाधक भी नहीं बनना चाहता।

पहले गांव वाले पुलिस से डरते थे। अब पुलिस वाले गाँव वालों से डरते हैं। हैरानी की बात नहीं है-चोर सिपाही का खेल है। नियम वही हैं, बस आपस में पाला बदल लिये हैं। गये साल अखबार में पढ़ा था-'गाँव वालों ने पुलिस की मूँछ उखाड़ ली, पैंट फाड़ दी। मुझे बहुत बुरा लगा-ऐसा नहीं होना चाहिये था। मेरा गांव इस तरह का नहीं है-हम मूँछ और पूँछ दोनों का बहुत

सम्मान करते हैं। मूँछ वालों के साथ अभी भी पहले की तरह उठना बैठना, हुक्का-पानी, बीड़ी-तमाखू चलता है। पूँछ वालो को भी पूरी आज़ादी है। जब भी उन्हें भूख लगे, पूँछ उठाकर किसी की भी फसल चर सकते हैं, अपनी इच्छा से घूम फिर सकते हैं। कहीं भी मल-मूत्र त्याग सकते हैं।

हमने उन्हें बन्धन मुक्त कर दिया है। गाँव विकास की राह पर है।

शाम गहराने से पहले ही मैं अपने गाँव की सीमा में प्रवेश कर गया। हेलमेट लगा होने से किसी ने पहचाना नहीं-दुआ-सलाम से मुक्त दन्न से गाँव वाले घर में आ गया। मेरे गांव वाले घर में भाई का परिवार रहता है। मोटर साइकिल खड़ा करने और खांसने के अंदाज़ से मुझे आया हुआ मान लिया गया। मेरे आ जाने से रात खाना पकाने की परेशानी बढ़ जाती है। हमारे गाँव के लोग मितब्ययी हैं, दोपहर के बने कढ़ी चावल से रात का भी काम चला लेते है। मै ठहरा दयालु प्रवृति का आदमी, उनके संकट को समझते हुए तुरन्त प्रदेश के मुख्यमंत्री की तरह घोषणा कर दी-

'मेरे लिए परेशान न होना। बिज्जू के निमंत्रण में आया हूँ। वही रहना-खाना होगा। सुबह के पीरियड हैं, इसलिए जल्दी निकलना होगा।'

'भाई सा! सुबह का नास्ता करके निकलिएगा।' भाई की पत्नी खुश होकर भीतर से बोली।

'अरे नही! तुम लोग बिलकुल परेशान मत होना। नाश्ता भी बिज्जू के घर पर कर लूँगा।।

गाँव में मेरे आने की खबर पहुँच चुकी थी। नंग-धड़ंग नाक बहाते हुये बच्चे मुझे आगे-पीछे से घेर लिये थे। कुछ बूढ़ी औरतें भी घूंघट ताने आ गई थी। मैं उन्हें देख रहा था-वे मुझे देख रही थीं। वे मुझे पहचान रही थीं, मै उन्हें नहीं पहचान रहा था-पर इन आँखों का क्या? किसी पर जम गईं सो जम गईं- यही तो गाँव की परम्परा है, रीति है, चलन है।

गाँव में पहले किसी का रिस्तेदार आता था तो वह पूरे गाँव का रिस्तेदार होता था। कुछ रिस्ते तो एक नम्बर में रहते थे, जैसे समधी साहब पूरे गाँव के समधी होते थे। साले जी के क्या कहने-वे तो हर किसी के साले और बच्चों के मामा होते थे। आज वह माहौल नहीं है। किसी गैर के साले को साले बोल दो तो लट्ठ चल जायेंगे। गाँव में बिजली आ गई है। घर-घर टी-वी

हो गई है। सास-श्वसुर, ननद-भौजाई, माँ-बाप ताऊ-चाचा, समधी-समधिन सबकी आत्मा टेलीविजन में घुस गई है। एक बटन मारो सब बाहर। जिससे चाहो उससे मिल लो। है न मजेदार-गाँव तरक्की में है। हा हा हा हा...।'

'आप अकेले-अकेले हँस लेते है चाचू??' छोटू ने पूछा।

'हाँ! छोटू! हम शहर वालों को अकेले ही सब काम करने होते हैं, चाहे हँसने का काम हो या रोने का, इसलिए आदत सी पड़ गयी है।'

मै भूल गया था कि बिज्जू का लड़का छोटू भी पीछे चल रहा है, वह मुझे बुलाने आया था। वरना ऐसी गलती कभी न करता। अब गलती करके फँस गया था, तो सफाई देना जरूरी हो गया था।

शायद छोटू के समझ में मेरी बात नहीं आई थी। इसलिये वह बोला नहीं। बिज्जू का घर आ चुका था। उसने लम्बा-चौड़ा पक्का मकान बनवा लिया था। उसका बैठका मेरे पूरे घर के बराबर था दो नग बड़े-बड़े सोफे पड़े थे।चार दीवान चारो कोनों में रखे थे। बिज्जू मुझे ले जाकर दीवान में बैठा दिया, छोटू, दौड़ा-दौड़ा मसनद लाकर मेरी कमर से टिका दिया।

'भाई तुम्हारे तो बड़े ठाठ हैं-तुम्हारा बैठका तो लगता है, जैसे किसी मंत्री मिनिस्टर का बैठका हो।'

बिज्जू मेरी बात से बहुत खुश हुआ और नज़दीक बैठते हुये बोला-रग्घू! 'तुम बड़े दिल के आदमी हो, तुम्हे सुनकर अच्छा लगेगा, इसलिये बता रहा हूँ-बड़का जब से परधान हुआ है, तब से समझ लो, लक्ष्मी मइया किरपा बरसा रही है। बड़े-बड़े लोगन का इधर आना-जाना बना रहता है। तुम तो दो साल से गांव आये नहीं, क्या जानो? पिछले लोकसभा चुनाव में राहुल भैया मेरे घर में ही रात ठहरे थे। छोटे-मोटे हाकिम अफसर तो बने ही रहते है।'

'सब मइया की किरपा हैं बिज्जू!' मैंने मुस्कुराकर कहा।

'सो तो है।'

'मंगल, छोटानी, विशेसर, कुलदीप और क्या कहते हैं, उसे...जो एक आँख से देखता है-हाँ याद आया-'लच्छू' ये सब कोई नही दिख रहे।'

'आजकल नही आते।'

'क्यों ?? पहले तो जब मैं गांव आता था तो तुम्हारे आगे-पीछे चलते दिखते थे?'

'तुम का जानो रग्घू! ये सब बड़े लोगन के बीच बैठन-उठन लायक नहीं हैं, साले-अनपढ़, गंवार-चड्ढी पहने चले आते हैं।' पिछले दफा चुनाव पार्टी आयी थी सब के जूते चोरी हो गये थे। इन्हीं लोगो ने चुराये थे, उनके जूते-चोर कहीं के। सोचो कितनी बड़ी बदनामी हुई मेरी।'

'तुम्हारी बदनामी? ओ कैसे? जूते तो गाँव वालों ने चुराया था। क्या तुम जूता ताकने का काम लिए थे?' मैंने कहा।

'क्यों नहीं-परधान का बाप तो माँ ही हूँ न, अच्छा-खराब सब मेरे हिस्से में आता है। अब देखो न देश में कहीं कोई गड़बड़ हो जाये, तो दोष प्रधानमंत्री को देते हैं न। इतना ही नहीं- अभी कलेक्टर साहब आये थे। स्कूल में मीटिंग किये थे। बीच सभा में किसी ने ऐसा फायर दागा की कलेक्टर साहब बेहोश होते-होते बचे।'

"कैसा फायर? क्या कोई बंदूक लिये था?'

"अरे रग्घू! बंदूक वाला फायर नहीं। तुम लोग शहर जाकर गांव देहात की बोली-भाखा भूल जाते हो भाई, अब कैसे समझायें तुम्हे? लड़के लोग भी बगल के कमरे में बैठे हैं। तब से बड़का सबको मना कर रखा है कि जब तक किसी को बुलाया न जाये-अपने मन से कोई नहीं आयेगा।'

"उसका क्या हाल है यार! जो स्कूल में तुम्हें अक्सर पीट दिया करता था। क्या नाम था उसका? पेट में नाम है, मुँह में नहीं आ रहा है। हाँ, याद आया साधूलाल।"

"का पता साला कहाँ सधुआ रहा है। अच्छा भला गांव में खेती किसानी कर रहा था कि एक दिन पटाखा वाली को लेकर फरार हो गया। साला, किस नाली में गिरा, दो बच्चन केर महतारी पर मर मिटा। कुल समाज में दाग लगा दिया। हम लोग उसे जात-समाज से अलग कई चुके हैं।"

'ये पटाखा वाली कौन है?' हैरानी से मैंने पूछा।

'शम्भू की मेहरारू-पटाखा गाँव में उसका मायका है, इसलिए उसे इसी नाम से सब जानते हैं।

इसी बीच उनका बड़ा लड़का जो गांव का सरपंच था, आ गया। उसके साथ में तीन लफंगे टाइप के लड़के और थे। सभी मेरा पैर छूकर दूसरे कमरे में चले गये थे। वे सभी बाहर से ही पीकर आये थे। चाय भी आ गयी थी। चाय का कप मुझे पकड़ाता हुआ बिज्जू बोला–

'शुद्ध मुर्रा भैंस के शुद्ध दूध से चाय बनी है। ऐसी चाय शहर वाले कभी देखे न होंगे।'

'मैं कुछ नहीं बोला। लेकिन इतना समझ गया कि बिज्जू चाय के बहाने मेरी इन्सल्ट कर रहा है। धीरे-धीरे मैं चाय पीने लगा। मुझे बहुत बुरा लगा। 'अब बियारी करके जाना।' खाली कप मेज पर रखता हुआ बिज्जू बोला।

'नही भाई–रात का खाना-सोना घर में ही होगा। नहीं तो वो बुरा मानेंगी, अब मुझे जाने दो।'

'ठीक है भाई–लेकिन आते-जाते रहा करो।"

मैं भारी मन से बिज्जू के घर से अपने घर आ गया। छोटे भाई की पत्नी ने समझा, परधान के यहाँ से 'सालन' खा के आये होंगे। इसलिये उसने भी नहीं पूछा। उसकी भी गलती नहीं कह सकते, मैं ही मना करके गया था। किसी तरह से जागते हुये रात काटी, पूरी रात बिज्जू की शुद्ध दूध वाली चाय याद आती रही। भूखे पेट नींद भी कैसे आती? रात भर यही सोचता रहा–

'गाँव की इस तरक्की पर हँसें या भूखा पेट पकड़ कर रोयें।'

सुबह भतीजे से कहा–'जाकर अम्मा से बोल दे, चार पांच पनहथी रोटी ठोंक दे। तरकारी भाजी की झंझट न पालेगी, अचार रख देगी। मैं अब इधर से सीधे कॉलेज जाऊंगा, आज जल्दी पहुँचना है।'

तौलिया उठाकर नहाने के लिए भारी मन से मैं कुएँ की तरफ बढ़ गया।

दीनू काका की हँसी

'ऐसे कैसे हो सकता है? दीनू काका कैसे हँस सकते हैं? मैं नहीं मान सकता, चाहे जो हो जाये....दीनू काका ब्रह्मचारी है और ब्रह्मचारी जो भी प्रण ठान लेता है...आजीवन पालन करता है। प्रण कभी तोड़ नहीं सकता है।' आश्चर्य से भरे हुये सूर्यदीन पंडित बोले।

'पंडित ये सत्य है। दीनू काका तो न हँसने की प्रतिज्ञा लेकर ही धरती में अवतरित हुए थे। वे जब पैदा हुये थे तब वे साल भर रोये थे। उसके बाद रोना-हँसना सब बन्द। बोलते वे बहुत कम थे, महीने में एकाध बार।

पण्डित जी, वे ब्रह्मचारी क्या अपने मन से हुये हैं? उनके घर वालों ने उनकी शादी नहीं कराई तो क्या करते? लेकिन यह भी सत्य है दीनू काका आज नींद में खूब जोर से हँसे हैं।' केमला नाई सर खुजलाते हुये बोला।

'तुम्हें कैसे मालुम हुआ?' पंडित ने पूछा।

'उनके भतीजे कह रहे है कि दीनू काका आज रात में जोर-जोर से हँस रहे थे।'

'घोर आश्चर्य! हे भगवान! इस गाँव की रक्षा करना। पंडित सूर्यदीन आकाश की ओर लंबा मुँह उठाकर बोले।

'आप यह क्या कह रहे हो, पंडित-भला किसी के हँसने से अनर्थ कैसे हो सकता है? वो भी पूरे गांव का। अनर्थ होगा तो उनके परिवार का होगा, गाँव से क्या मतलब?'

'तुम वेद पुराणों में लिखे का मतलब क्या जानो, केमला! पढ़े लिखे तो हो नहीं। चलो दीनू के घर चलना चाहिये।'

दीनू काका का असली नाम दीनदयाल था। जब वे पाँच साल के थे तभी इनके माता-पिता का निधन हो गया था। इनके चाचा बलवीर इन्हें पालपोष कर बड़ा किये, दीनू काका अविवाहित थे। ये अपने भतीजों के साथ रहते हैं, यही लोग उन्हें खाना-पीना देते हैं।

पंडित सूर्यदीन, केमला नाई को साथ लेकर दीनू के घर पहुँच गये। दीनू

के घर में भीड़ जमा हो गई थी। जिसको जैसे मालुम हुआ आता गया। जैसे दीनू काका के मरने की खबर मिली हो।

दीनू काका चबूतरे में अकेले मुँह लटकाये हुये बैठे थे। लोग उनसे पूँछ-ताछ कर रहे थे। पंडित सूर्यदीन के आते ही सब लोग चुप हो गये। पंडित जी दीनू के बगल में बैठते हुये बोले-

'सुना है आज तुम रात में हँस रहे थे?'

'मुझे याद नही पंडित भैया-नींद में हँस दिया होगा। दीनू काका सर नीचा किये हुये बोले।"

'आज काका रात में जोर-जोर से हँस रहे थे। इनके हँसने से मेरी नींद खुल गई, मैं इनके कमरे में गया तो देखा-काका बिस्तर में पड़े-पड़े हँस रहे थे।' काका के भतीजे मिश्रीलाल ने बताया।

'ये तो घोर संकट के संकेत है।' पंडित जी बोले।

'घोर संकट? ये कैसे?' उपस्थित लोगो ने एक साथ कहा।

'कैसे नहीं-आप लोग वेद पुराण तो कभी सुनते नहीं। महाभारत का युद्ध द्रोपदी के हँसने की वजह से हुआ था। ऐसा युद्ध जिसमे बड़े-बड़े योद्धा और वीर मारे गये। कौरव कुल का समूचा नाश हो गया, जिनका उस हँसी से कोई लेना-देना नहीं था, वे भी मारे गये बेचारे।' पंडित सूर्यदीन ज्ञान की पोटली खोलते हुये बोले।

'लेकिन काका तो न हँसने की कसम खाये थे??' काका के पड़ोसी बिरजू बोले।

'अरे बिरजू, हम कसम-वोसम नहीं खाये कबौ। बचपन में माँ बाप मर गये तब रोये थे। स्कूल गये तब मास्साब की छड़ी देखकर रोये थे। कित्ते कारण आये के हमे रोना आया है? मैंने नियम बना लिया था कि चाहे जो हो जाय-मन ही मन रोना किया करूँगा। अब बताओ भैया, मुझे टेम कब मिला हँसने को। इसी को आप लोग मान बैठे-कसम खा ली है।' दीनू काका बिना किसी की तरफ देखे बोले।

'आप तो बाल ब्रह्मचारी हैं, काका-कहते हैं ऐसे लोग बड़े संयमी होते हैं?'

'भैया! टेम से शादी-व्याह हुआ नहीं, तो क्या करते? आप लोग चाहे जोन मान लो। अब कहते हो काका सोते-सोते नींद में हँस रहे थे। चलो मान लेते हैं, धोखा हो गया- पर ये बताओ नींद में तो बहुत कुछ घट जाता है। लोग जाने क्या-क्या नींद में कर जाते हैं। कोई हल्ला-गुल्ला नहीं होता। मेरी हँसी पर इतना चिल्ल-पों क्यों मचा है?' काका सर नीचा किये हुये बोले।

'काका तुम्हारी हँसी मामूली हँसी नहीं है। एक ब्रह्मचारी ने अपनी कसम नींद में सोते हुए तोड़ दी है। इससे कुल खानदान के साथ-साथ पूरे गांव का अनिष्ट सम्भावित है।' लम्बी सांस खींचते हुए पंडित सूर्यदीन बोले।

'पंडित जी कुछ उपाय कीजिये, इस संकट से हमें बचाइये।' मिश्रीलाल की पत्नी हाथ जोड़कर बोली।

'घबराओ नहीं, सबका निदान शास्त्रों में लिखा है। बस इनके हँसने का समय सही-सही पता चल जाये। फिर ऐसी व्यवस्था कर देंगे की दीनू काका दोबारा नही हँस पायेगें।

'पंडित अब टाइम कैसे बताएं? इतनी ठंडी रात में कब होश रहता है टाइम का।' मिश्रीलाल बोला।

'चलो मान लिए टाइम का अनुमान नहीं है-पर ये बताओ, किस प्रकार से हँस रहे थे?'

'बड़ी भयानक हँसी थी, पंडित जी। घर से सब लोग डर गये थे। बच्चे चिल्लाने लगे थे।'

'किस तरह के स्वर निकल रहे थे-मेरा मतलब किसी जानवर के बोलने या रोने वाले तरीके से हँस रहे थे।' पंडित ने पूछा।

'अरे पंडित गजब करते हो, हँसने और रोने के बोल होते हैं कभी?' साला रोना-हँसना भी संगीत हो गया। अब कल को बोलेंगे-ये फला राग में हँस रहा था और ये फला राग में रो रहा था।' आँख मलता हुआ ऊधो बोला।

'होते क्यों नहीं, तुम क्या जानो? ऊधो! शहर के लफंगों का साथ किये हो। रात बारह बजे पौआ चढाकर घर लौटते हो, तुम्हारे निता तो हँसना-रोना सब बरोबर है।' गाँव का चौकीदार वृजबासी बोला।

'और तुम का करते हो बारह बजे तक? कैसे मालुम, मैं बारह बजे रात

दारू पीकर लौटता हूँ। ऊधो तेज आवाज में बोला।

'मैं गाँव का चौकीदार हूँ-गश्त मारता हूँ रात में।'

'मुझे सब पता है तुम कैसी गश्त मारते हो? कहाँ घुसे रहते हो? कहाँ क्या करते हो?' ऊधो का साथी जग्गू चिल्लाकर बोला।

'का मतलब तुम्हारा?' बृजवासी भी चीखा।

'मेरा मुँह मत खुलबायो बृजवासी?' जग्गू और जोर से बोला।

'अरे बोल न-दम है तो?' 'बोलना क्या? पूरा गांव जानता है-रधिया काहे फांसी लगाये रही?' जग्गू चिल्ला कर बोला।

'जबान सम्हाल कर बोल जग्गू !' पूरा दम लगाकर वृजवासी चिल्लाया। 'ऐसे ही बोलूँगा-क्या उखाड़ लेगा मेरा?'

तभी एक अनहोनी हो गई। बृजवासी का लड़का जग्गू के सर में डंडा जड़ दिया। सर से खून टपकने लगा-इधर ऊधो भी मौका ताड़कर बृजवासी के पेट में मुक्का हन दिया। दोनों तरफ से मार-पीट शुरू हो गई। गाँव के समझदार लोग घर की तरफ भागने लगे-भीड़ छटने लगी। मिश्री लाल का परिवार भीतर जाकर दरवाज़ा बंद कर लिया था। पंडित सूर्यदीन भी अपना गमछा और खड़ाऊं छोड़कर फूट लिए थे। चबूतरे में बैठे दीनू काका इस बार जोर-जोर से हँस रहे थे। किसी ने पुलिस को फोन कर दिया......पुलिस वेन लेकर पहुँच चुकी थी। पुलिस के पहुँचते ही गांव में अफरा तफ़री मच गई। तमाशबीन अपने-अपने घरों की ओर भागने

लगे। जग्गा के सर से लगातार खून बह रहा था-बृजवासी भी अपना पेट पकड़े जमीन में लोट रहा था।

'सभी रुक जाओ-गोली मार दूँगा।' दरोगा वीरसिंह हवाई फायर करते हुये जोर से चिल्लाया। दरोगा की धमकी और हवाई फायर से सभी डर गये। जो जहाँ था वहीं ठहर गया।

'ये झगड़ा कैसे हुआ?' दरोगा ने पूछा।

'जग्गू, मुझे बहुत गन्दी बात बोला-तभी किसी ने इसे धक्का मार दिया है।' और इस लफंगे ने मेरे पेट में मुक्का हन दिया। हाय मर गया रे-लगता

है, आंते फट गयीं। जल्दी से अस्पताल भिजबायो साब! मर जाऊँगा।' बृजवासी कराहता हुआ बोला।

'साला नाटक कर रहा है-गाड़ी में भरकर थाने ले चलो।' दरोगा सिपाहियों की ओर देखकर बोला।

मिश्रीलाल, ऊधो, जग्गू, बृजवासी और विरजू सहित गाँव के अन्य लोगो को वेन में भरकर पुलिस थाने ले गयी।

'ये किसका पड़ा है? खड़ाऊं और गमछा देखकर दरोगा ने पूछा।

'पंडित सूर्यदीन का है।' केमला नाई ने बताया।

'इधर को क्यूँ आया? उसे बुलाओ।'

थोड़ी देर में सूर्यदीन पंडित आ गये थे। गाँव के कुछ बुजुर्ग भी पण्डित जी के साथ आये थे। ग्राम प्रधान देववती भी पहुँच गई थी।

'ये खड़ाऊं और गमछा तुम्हारा है पंडित?' दरोगा ने पंडित जी से पूछा।

'हाँ साब मेरा है। मैं इधर ही था। जब देखा की इधर लोग लड़ने-झगड़ने लगे तो मैं अपने घर चला गया था। धोखे से गमछा खड़ाऊं इधर छूट गया।'

'हूँ, धोखे से-यहाँ काहे को आये थे?'

'साब! ये जो बुढ्ढा चबूतरे में बैठा हँस रहा है। पूरे फसाद की जड़ यही है। ये कल रात में पहली बार सोते हुये हँसा है। तभी से यह लगातार हँस रहा है। शास्त्र के मुताबिक भद्रा काल में इस प्रकार की हँसी अनिष्ट की सूचक है। यही सब तो बताने यहाँ आया था लेकिन मेरी बात पूरी नहीं हो पायी, पहले से ही लड़ाई-झगड़ा शुरू हो गया।'

'यानी दंगा कराने आये थे और लोगो को लड़ा-भिड़ा के फूट लिये। वाह पंडित वाह।'

'आप ये क्या बोल रहें हैं? मैं तो गाँव का भला सोचता हूँ। उल्टे आप मुझ पे इल्जाम लगा रहे है। दीनू काका को कुछ नहीं कहेंगे। जो पूरे फसाद की जड़ है। हे भगवान!! जाने क्या होने वाला है? सबकी बुद्धि नष्ट हो गई है।' पंडित सूर्यदीन धोती की कांछ ठीक करते हुए बोले।

'आप भी थाने चलिये-वहीं पर सत्संग होगा, पंडित जी।' दरोगा

हँसकर बोला।

'ऐसा न करें दरोगा बाबू! पंडित बाबा की बहुत इज्जत है गाँव में। आप इन्हें थाना चौकी जो ले गये तो गजब हो जायेगा। आप यहीं पर उनसे पूँछताछ कर सकते हैं।' गाँव की प्रधान देववती बोली।

'तू कौन है बाई! बीच में टपर-टपर करने लगी। दरोगा ने पूछा।

'ये गाँव की परधान है, साब, देववती।' केमला नाई ने बताया।

'ज्ञानसिंग! कंट्रोल रूम फोन मिलाओ। अभी सबका दिमाक ठिकाने करता हूँ।'

'हाँ हाँ! खूब फोन मिलाओ, लेकिन पंडित बाबा को थाने नही ले जाओगे।' देववती घूँघट पलट कर बोली।

'क्यों सरकारी काम में टांग उठाती हो बाई? घर जाओ, चूल्हा चक्की देखो। 'दरोगा, अपनी हद में रहकर बात करो। क्या तुम्हारे घर में माँ-बहन नहीं हैं।'

'अरे! ऐसा क्या कह दिया??' दरोगा ने पूछा।

'भूल गये, अभी-अभी सब के सामने टांग उठाने की बात कहे हो। आपको पता नहीं, महिलाएं टांग कब उठाती हैं? कितनी गंदी बात बोले हो। अरे खिल्ली, जगत, रामकलेश सबको इकट्ठा करो-किसी भी कीमत पर पंडित बाबा को हम थाना नही ले जाने देगें।' रामवती बिफरते हुये बोली।

'ठहरो यहां से कोई कहीं नहीं जायेगा। गोली मार दूँगा।' दरोगा अपनी सर्विस रिवाल्वर हाथ में लेकर गरजा।

'ज्ञान सिंग तुमको बोला न कंट्रोल रूम फोन करो और बड़े साहब को बताओ इस गांव में वलबा हो गया है।'

'जी साब अभी कंट्रोल रूम खबर करता हूँ।' ज्ञान सिंग बोला।

'ठीक है, मैं भी देखती हूँ, अभी पूरा गाँव इकट्ठा करती हूँ। मै भी देखूँ, कैसे गोली चलती है?' इतना कहकर वह वापस होने को मुड़ी।'

'रुक जाओ बाई-गोली मार दूँगा।'

रामवती रुकी नहीं, आगे को बढ़ती गई। इसी बीच दरोगा ने डराने के

लिहाज से हवा में गोली दाग दी। दुर्भाग्य से वह गोली एक बुढ़िया को लग गई, जो घर के बाहर बैठी धूप ले रही थी। फिर क्या था? सभी गांव वाले इकट्ठे होने लगे-भीड़ जुटने लगी-तभी रामवती ने ललकारा-'नामर्दो! देखते क्या हो? मारो सालों को?'

भीड़ आक्रामक होकर दरोगा और पुलिस वालों पर टूट पड़ी। सब अपने-अपने हिसाब से मार-पीट में लग गये। पुलिस वालों की वर्दी फाड़ दी।... हाथ तोड़ दिया-किसी का सर फोड़ दिया। दरोगा अपनी रिवाल्वर ख़ाली कर चुका था। फायरिंग से दो तीन लोग घायल पड़े कराह रहे थे। गांव का शांत माहौल जंग के मैदान में तब्दील हो गया।

तभी सांय-सांय करती हुयी पुलिस की तीन गाड़ियां गांव में पहुँच गयीं। गाँव में जो जहाँ जैसा मिला-सबको मारा पीटा। बूढ़े बच्चे, बीमार किसी को नहीं बख्सा गया। अंततः सबको जानवरों की तरह गाड़ी में भरकर ले गये।

जो गाँव सुबह आबाद था, शाम होते-होते वीरान हो गया। गाँव में कोई नहीं बचा था सिवा दीनू काका और कुछ आवारा कुत्तों के-जो कभी भूँकने लगते कभी रोने लगते। दीनू काका को पागल समझकर छोड़ दिया गया था। काका अब सचमुच पागल हो गये थे-वे जोर-जोर से पंडित की खड़ाऊं को हाथ में लेकर करतार की तरह बजाते हुये नाच-नाच कर गाने लगे थे-'सघन वन में मदनमोहन मधुर वंशी बजाते हैं-।'

राग देहाती

अपने जीवन में हर इंसान कान से कई तरह से राग-रागिनी सुने-गुने होगें, जैसे मियां की मल्हार,राग तोड़ी, केदार, जय जयवंती, आदि-आदि। वैसे राग-रागिनी सबके समझ में आने वाली चीज नहीं है। बहुत कठिन है, राग के गहरे सरोवर में डूबना-उतराना। अपना काम किसी को डुबाकर उसकी जान को जोखिम में डालने का नहीं है। मैं किसी लालू-जगधर से कहता भी नहीं कि रागिनी को सुनो, क्या पता कब किसकी साँस बन्द हो जाये और नाहक में मेरे सर दोष आ जाये की भैया तुम्हीं संगीत सरोवर में कूदने को बोले थे। लेकिन इस मनुष्य का तन पाकर सब कुछ समझना-सुनना भी जरूरी है। मनुष्य का तन बार-बार नहीं मिलता।

हरिओम शरण अक्सर गाया करते थे-'अब न बनी तो फिर न बनेगी-नर तन बार-बार नहीं मिलता।' पता नहीं अगले जन्म में भगवान, बैल चूहा, बंदर, बिल्ली क्या बनाता है? तब संगीत कैसे समझेंगे?'

आज मैं एक नये राग की जानकारी देना चाहता हूँ। संगीत के दिग्गज जानकारों से भी गुजारिस है कि इस राग के बारे में जाने, लेकिन गाने का जोखिम नहीं उठाएंगे, ये कोई मामूली राग नहीं है। ठेठ देहाती राग है, बस सुन समझ लें, इतना ही ठीक रहेगा।

ये हमारे गाँव में गाये जाने वाला पक्का राग है। गाने का कोई समय निश्चित नहीं है। कभी भी और कहीं भी अकेले-दुकेले या समूह में गाने की सुविधा प्राप्त है। कोई संगत बाज़ा हो तो ठीक है, वरना बिना बाज़ा के भी चलेगा। टीना-टपरा, भीती-दीवाल, अटका-मटका, टेबल-मेज-कुर्सी या कुछ न मिले तो अपने ही कमर के नीचे कहीं भी ताल फिट करने की छूट राग देहाती में दी गई है। इसमें आरोह, अवरोह, मुरकी, सुरकी, आलाप, झाला-माला, यति-गति सब होती है।

एक बार की बात है गाँव में कलेक्टर साहब आये हुये थे। गाँव वालों को बताना था- गाँव कैसे तरक्की करे? लोग अपनी आमदनी चार गुना कैसे बढाएं? पंचायत भवन में तकरीबन तीन बजे दोपहर मीटिंग शुरू हुई। सामने की ओर लगभग दस कुर्सियों में जानकार-विशेषज्ञ आकर पधारे थे। दरी

बिछाकर गाँव वालों के लिए बैठक व्यवस्था बनाई गई थी, वे सब आकर बैठते गये। कलेक्टर महोदय ने बोलना शुरू किया-

'भाइयों एवं बहनों, गांधी जी कहा करते थे, भारत की आत्मा गांवों में रहती है, देश की कुल आबादी का अस्सी फीसदी जनता गांव में जीती है। इसलिये शासन की मंशा है कि गाँव तरक्की करे। गाँव तरक्की करेगा तो देश तरक्की करेगा।'

तभी महिला सरपंच महोदय को क्या सूझा कि दोनों हाथ उठाकर जोर से नारे लगाने लगी-भारत माता की जय-गांधी बब्बा अमर रहे। सभी लोगों ने इस इंकलाबी नारे पर चीख-चिल्लाकर साथ दिया।

कलेक्टर महोदय भी गदगद हो गये-वे आगे बोले-आप सबके उत्साह और जज्बे को सलाम करता हूँ। इसी बीच जमीन पर बैठे लोगों के बीच से तरह तरह की आवाजें आने लगीं-खुसर पुसर के साथ कुछ संगीत मय ध्वनि आयी, जिसमे सारंगी और हारमोनियम की तरह के स्वर कुछ तबला-ढोलक की थाप देते हुये बोल भी सुनाई दिये।

कलेक्टर साहब, नितांत शहरी आदमी थे, वे इस संगीत को समझ नहीं पाए भाषण में विराम देते हुए गाँव के पटवारी साहब से कड़ककर पूछा-

'क्यों जी! ये कैसी आवाजें हैं?'

'कुछ नहीं, सर जी।' पटवारी बेचारा डरते हुये बोला।

'अरे, कैसे कुछ नही, साफ साफ बोलो-!'

पटवारी महोदय की डर के मारे घिग्घी बंध गई। उन्हें लगा की आज नौकरी गई। यदि नहीं बताता हूँ तो नौकरी गयी। और बताना भी चाहूं तो किस तरह से-मरता क्या न करता-आखिर उसने बताना शुरू किया-

'आदरणीय, श्रीमान जी! ये गाँव के किसान लोग अभी-अभी खा-पीकर सीधे आपकी मीटिंग में पहुँचे हैं। इन्हें विश्राम का मौका नहीं मिला है। पेट में इनके गैस बन रही है। ये संकोच के मारे खुलकर गैस पास नहीं कर पा रहे हैं लेकिन सर, गैस तो गैस है निकलेगी जरूर सो निकल रही है। इसीलिये कई तरह की आवाजें आ रही हैं।

'ये बहुत गम्भीर बात है, क्या इधर कोई अस्पताल नही है?' कलेक्टर

साहब ने पूछा

'नहीं साहब।'

आख़िरकार किसी तरह से कलेक्टर महोदय अपना भाषण खत्म कर जिला मुख्यालय के लिए रुख़सत हो गये। ये रहा साहबान राग देहाती का एक छोटा सा नमूना। अब गांव अपने-आप तरक्की कर लिया है। वह किसी की इल्मो-उपाय का मोहताज नहीं है कि कोई बताये कैसे तरक्की की जाती है। पुराने रीति-रिवाजों यथा होली-दीवाली के मनाने के तौर तरीकों में बदलाव कर लिया है। पहले होली फगुआ में रंग-अबीर चलता था, एक हप्ते तक फगुहार फाग गाते बजाते थे। फाग गाने वालों की टोली चलती थी। रंग गुलाल उड़ाते, गाते-बजाते-

'तोरे नयना भये कटार पिया-

तोरे नयना भये कटार-

अथवा

'पिया बागय न जा, हबै जमाना खोटा।' जैसे शिक्षा देने वाले फाग। और ऊँची उड़ान भरते तो गा बैठते-

'आज कन्हैया रंगा भरे, रंगा भरे रस रंगा भरे।'

अब नवीन जेनेरेशन ने इस देहाती राग में दारू-चरस का तड़का मार कर और जोशीला बना दिया है। जोश तो बढ़ा है परन्तु होश में कमी आयी है। अब ये गाते-बजाते हुए किसी भी जगह उलट-पलट सकते हैं। इस दौरान मुँह से ऐसी तान निकलती है कि मियां तानसेन भी समझ न पाएं कि जनाब कौन सी राग की बंदिश आलाप रहे हैं।

कुछ बड़े बूढ़े जो अभी तक अकारण जी रहे हैं, इन्हें इस परिवर्तन से बहुत शिकायत है। वे कहते है-'इआ सनीमा से सबसे जादा नकसान गांव के हुआ है। हमरा जोन परम्परा रही है, वो खतम होइ चली है।'

उनके जहन में अतीत की बहुत सी बातें उनकी साँस की तरह जिंदा है। उनके अतीत के खजाने में एक से बढ़कर एक नायाब मोती हैं। पंचानवे वर्षीय सयाने बद्री प्रसाद पुराने दिनों को याद कर कहते हैं-

'जब अंग्रेजों की हुकूमत रही, राजा महाराजा रहे, तब की बात है। वे किला में सन्तरी थे। राइफल उठाये रात की ड्यूटी किया करते थे। एक बार की बात रही, होली का टेम रहा, रात को अचानक गाने की इच्छा हुई सो आगा-पीछा सोचे बिना एक कान में उगरी रखकर 'राई फाग' टेर दिया। राजा साहब की नींद खुल गई। मुझे उसी समय तलब किया गया। मैं कांपते हुये हाजिर हुआ।। राजा साहब ताड़ गये और बोले-

'यंगमैन, डरो मत, तुम्हारे गाने से हम खुश हुए। मांगो जो भी मांगना हो।'

'मै क्या माँगता।' पैरों में कंपन अभी चालू था। मैं कुछ बोल नहीं पाया। 'यंगमैन, कौन सा राग गाया? बताओ न।'-राजा साहब ने पुनः पूछा।

मैं भैय्या का जानू कौन सा राग हतो, मेरे मुँह से निकल गया-'राग देहाती" अन्नदाता।'

राजा हुजूर खुश हुये और मुझे चार आने तनखा की तरक्की मिल गई। उस दिन से मैं दरबार में भी बुलाया जाने लगा-'राग देहाती' गाने के लिये।

तब से अब में बहुत फर्क आ गया है। अब एकल देहाती राग की पूछ परख है। इसमें भी कुछ संशोधन कर दिए गये हैं। कुछ न लिखने लायक शब्द भी घुस गये हैं। जो गीत के साथ ही चलते हैं। गाने में रोने के स्वर इस तरह मिल गए है कि पहचान करना मुश्किल होता है कि गाने वाला रो रहा है कि गा रहा है। इसमें मुझे कुछ गलत नहीं लगता है। ये प्रगति की चाल है। गाँव तरक्की में है, देश तरक्की में है-राग देहाती भी तरक्की करेगा ही।

पूँछ नहीं तो पूछ नही

चिकित्सा विज्ञान के जानकारों के अनुसार मानव भ्रूण में पूँछ होती है, फिर नौ माह आते-आते लोप हो जाती है। कहाँ लोप हो जाती है? क्यों लोप हो जाती है? यह खोज का विषय है, माथापच्ची का काम है। मैं इस पचड़े से दूर रहना उचित मानता हूँ। किसी अख़बार में पढ़ा था कि कलकत्ता में कोई शिशु पूँछ सहित जन्म लिया है। हो सकता है कि डॉक्टरों की कही बात का प्रमाण लेकर अवतरित हुआ हो। जो भी हो, मैं तो इस बच्चे को नमन करता हूँ, जो प्रकृति के सभी नियमो को धता बताकर पूँछ होने का सबूत धरती के तमाम अविश्वासी लोगों के लिये उपस्थित कर दिया है। भगवान हम दोनों को कुशल रखे, कभी न कभी चार आँखे होने की उम्मीद लिये लिख रहा हूँ।

शरीर विज्ञानियों का ये भी कहना था कि हमारे पूर्वजों के पूँछ और मूँछ दोनों थी, वे बराबर दोनों का उपयोग करते थे, कई बड़े-बड़े काम मूँछ और पूँछ की मदद से कर लेते थे, पता नहीं हम मनुष्यों से पूँछ क्यों छीन ली गई। मूँछ तो सलामत है लेकिन आज की नयी पीढ़ी मूँछ को भी रिस्तों की तरह स्वीकार नहीं कर पा रही है। पूँछ तो रही नहीं, मूँछ भी जाने वाली है, आखिर कब तक अपना अपमान सहेगी-बेचारी।

आइये, एक सारगर्वित चिंतन, जीवन के कुछ पहलुओं को सामने रखकर करते हैं-'पूँछ होती तो क्या फायदे होते?'

ठण्ड के दिनों में बच्चों को अक्सर जुकाम होता है। ऊपर से भारी बस्ते का बोझ। कितनी मुसीबत का काम-रुमाल भी अगर उन्हें दे दी जाए तो रास्ते में छोड़ देंगे या गिरा देंगे। काश! कोमल और छोटी पूँछ जो उगी होती तो मम्मी लोग पूँछ में रुमाल बांधकर गले से फँसा देतीं-गुमने की झंझट से हमेशा के लिए मुक्ति और नाक पोंछने का काम भी कितना आसान।

पचहत्तर फीसदी पूँछ से फायदा तो घर में ही मिलता। झाड़ू-पोंछा क्या होता है? सब भूल जाते। इनकी नस्ल ही खत्म हो जाती। घर में सफाई का काम पूँछ से जितना अच्छा सम्भव होता, किसी अन्य उपकरण से नहीं हो सकता था। एक कवि की नज़र में पूँछ लीला का मज़ा लें-

'घर का सारा कूड़ा-करकट दुम से झाड़ लिया करते।

बच्चो को लटकाए दुम में,

जब रोते बहलाया करते।

उठी पूँछ जो दिखे किसी की,

गड़बड़ तुरत समझ लेते,

दबी हुई दुम दिखे अगर तो,

उसे प्रसन्न समझ लेते।

पत्नी होती गुस्से में,

जब सब्जी घर पर ना रहती।

घर के कोने-कोने जाकर,

अपनी पूँछ पटक कहती।

पूँछ उठाये घूम रहे हो, सब्जी बिल्कुल आज नही,

घर में मिर्ची, आलू, गोभी, धनिया, लहसुन, प्याज नही।

जाहिर हैं पति देव फौरन सब्जी मंडी के लिए दुम में झोले लटकाकर चल पड़ते।

कुछ बड़े पेट वाले लोग जिनकी पतलून नीचे खिसकती रहती है। बार बार सम्हालते रहते हैं, हाथ न लगाये रहें तो पैंट अपने आप उतर सकता है। उनके लिए हुक का काम पूँछ देती और इस झंझट से उन्हें मुक्ति मिल जाती। आज इस गरीबी के आलम में हर बच्चे को खिलौने नहीं मिलते हैं। काश, पूँछ होती तो उसी के साथ खेलकर मन बहला सकते थे। सरकारी दफ्तरों में भी पूँछ अनुसार पूछ होती, रुतबा होता, दबदबा होता। सब पूँछ देखते ही पहचान में आ जाते, कौन क्या है?

'नये ढंग से दफ्तर में भी, सबका नामकरण होता।

"दुम अनुसार वहाँ पर सबका छोटा बड़ा चरण होता।

बड़ी पूँछ वाला तो प्राणी, अपने को अफ़सर कहता।

दबी-कटी वाला अपने को, अफसर का अनुचर कहता।"

पूँछ की भाव भंगिमा और बदलते रंग को देखकर मौसम का अनुमान लगाना कितना आसान होता। काली, मटमैली पूँछ देखकर बता सकते थे कि बरसात आने वाली है। पूँछ डरी-सहमी दिखने पर कहते–'ठंडी आने वाली है, चलो रजाई दुरुस्त करा लो। बसन्त के दिनों में घटती-बढ़ती पूँछ देखकर सहज ही अनुमान हो जाता कि आपस में प्यार का ग्राफ क्या है?

गर्मी के दिनों में यदि हवा के विपरीत दिशा में पूँछ बल खाती, तो समझ लेते आंधी तूफान का जोग बन रहा है। क्या बतायें इतना फायदा होता की सबको लिखने बैठ जायें तो महा-लेख बन जाये। सब बातें लिख पाना मेरे लिए सम्भव नही हैं लेकिन राजनीति में क्या उथल-पुथल होता, यह बताने का लोभ हृदय में जरूर है।

"पूँछ अगर होती जो उनके नेती-नेता क्या करते।

पार्टी के सब झंडे बैनर पूँछ उठाये ही चलते।

मजबूती के साथ पूँछ में चिपकी रहती धोती।

हाथ उठाकर इंकलाब में कोई दिक्कत न होती।

जब कोई प्रस्ताव सदन में रखता एक विधायक।

सत्ताधारी पूँछ उठाकर कहते बिल्कुल लायक।

मिलजुल के जब सभी विपक्षी साथ डालते अड़चन।

तब मंत्री के दबी पूँछ की बढ़ती निश्चित फड़कन।

मंत्री जी तब क्रोध भाव से कहते पूँछ पटककर।

तुम लोगों की आदत में है, अड़चन डालो मिलकर।

पूँछ से फायदे ही फायदे होते– फिल्मों में तो कहना की क्या? जब गाने भी कुछ इस तरह बनते–

'पूँछ से पूँछ मिलाते चलो, प्रेम की गंगा बहाते चलो।

राह में आये जो पूँछ बिहीन, उसको गले से लगाते चलो।'

कुछ हानियाँ भी हो सकती थी। सबसे ज्यादा खतरा गाँवों में हो सकता था। लोग एक दूसरे का खलिहान, खेत, मकान हनुमान के लंका दहन की तर्ज में जला देते। हो सकता है विधाता ने पूँछ विषय पर कोई मीटिंग कॉल की हो और आदमी की पूँछ सुविधा हटाने का प्रस्ताव बहुमत से पास हो गया हो।खैर जो भी हो-मुझे तो पूँछ न होने का मलाल है, आपको भी जरूर होगा-सभी को होगा-लेकिन कुछ किया नहीं जा सकता है। भगवान से बड़ा तो कोई नही है। हाँ, बुद्धिहीन लोग मंदिर में जाकर भगवान से प्रार्थना कर सकते है। बुद्धि रखने वाले, हकीम-वैज्ञानिक खोज कर सकते है। मुझे तो कुछ समझ नही आ रहा है। रात-दिन यही लगता है-

'पूँछ नही तो पूँछ नहीं-।'

लोटन

उनका नाम पहले रामलोटन था फिर स्वामी लोटन दास और अब लोटन हैं। जब से वे 'स्वामी लोटन दास' से 'लोटन' हुये हैं अजीबोगरीब हरकत करते हैं, वे अपने आप में ही खोये रहते हैं। कभी हंसते हैं, कभी रोते हैं कभी गाते हैं, उन्हें जरा भी इल्म नहीं है कि कौन-सा काम कब करने से कोई आदमी की तरह न होने पर भी आदमी जैसा लगता है।

रामलोटन से लोटन दास होने की कहानी को समझने के लिये पांच साल पीछे जाना पड़ेगा। जब वे केवल ड्राइवर रामलोटन मिश्र थे। तहसीलदार साहब की गाड़ी दौड़ाते थे। एक दिन शाम को पत्नी से उनकी गरमा-गरम बहस क्या हुई कि रात में ही घर से गायब हो गये। उन्हें इधर-उधर, जान पहचान में, नात-कुनात में हर जगह बहुत तलाशा गया, पानी वाले और वगैर पानी वाले कूप तलैया, पोखर गढ्ढा सब जगह पावर का चश्मा आँख में चढाकर ताका-झाँका गया-लेकिन सब बेकार। वे मिलने के लिये थोड़ी गायब हुये थे। गांव के कुछ पढ़े-लिखे लोगों ने सलाह दी की थाने जाकर रपट लिखा दी जाये। सलाह की कद्र करते हुये थाने में रपट कर दी गई। तहकीकात में बड़े मुंशी जी एक बूढ़े सिपाही को साथ लेकर रामलोटन के घर आये।

रामलोटन का परिवार 'हम दो हमारे दो' के सिध्यांत वाला था। घर में इकलौती पत्नी और एक जोड़ी बच्चों के अलावा एक नग निःसन्तान गाय थी, जो भूसा-चारा के बदले सिर्फ गीला सूखा गोबर प्रदान करती थी।

बड़े मुंशी जी की 'फटफटी' ज्योंहि उनके द्वार आकर रुकी लोग माजरा समझ गये और पूरा गाँव रामलोटन के घर के बाहर जमा हो गया। बड़े मुंशी जी राम लोटन की पत्नी सियादुलारी का 'नज़री एक्सरे' लेते हुये मेढ़क की तरह टर्रा कर बोले.....

'किस बजह से झगड़ा हुआ था?'

'झगड़ा नहीं हुआ था-होने वाला था। सिर्फ बातचीत हुई थी।' रामलोटन की पत्नी ने बताया।

'वई-वई.... बातचीत किस मुद्दे पर?'

'साहब, आप को तो सब पता है, वे सरकारी डाइवर थे। बिना पिये उनकी गाड़ी नहीं स्टार्ट होती थी। वे रोज ही अद्धा लेकर आते थे, उस दिन भी लेकर आये थे, साहब दो दिनन से गऊ माता को पतले दस्त लग रहे थे, सुबे हमने दफ्तर जात टेम कहा था कि शाम को लोटते बखत गऊ माता के लिये कुछ दवा दारू लेते आना। शाम टेम जब वो घर आये तो दवा की जगह पूरी एक बोतल देसी ठर्रा ले के आय गये। मेने जब उनसे दवाई को पूछा तो कुच्छ बोले नहीं और गऊ माता को दारू पिलाने की कोशिश करने लगे। मैंने उन्हें मना किया– 'गऊ माता का धरम नष्ट मत करो। उन्हें दारू मत पिलाओ, पर वे माने नहीं, उलटे हमें गरियाते रहे।'

'हाँ–हाँ, बोलती रहो, क्या–क्या गरियाये थे?'

वे कह रहे थे–'मूर्ख देहाती औरत, तू का जाने–ई दवा से बड़े–बड़े शेर–बाघ तक के दस्त रुक जाबे है, ई गइया का चीज आय। मैं दौड़कर उनके हाथ से बोतल छुड़ाने लगी, इसी छीना–झपटी में बोतल नीचे गिर गई और पूरी दारू जमीन में बह गई।'

'फिर?' बड़े मुंशी जी नीचे झुक आयी मुच्छ को उठाते हुये बोले।

'फिर का साहेब! वे बड़े गुस्से में रहे–खाना नै खाओ। अपुन भी पतनी धरम के मान में कुच्छ नाहीं खाओ।'

'फिर?'

'फिर सोबत परे का पता कहाँ चले गये?'

'कइसे चले गये? तुमने रोका क्यों नही?'

'मै सोयी थी।'

'और कोई इधर–उधर की दोस्ती यारी का लफड़ा तो नहीं।'

'नाहीं पता साब।'

'देखो बाई, पुलिस उन्हें खोजने की पूरी कोशिश करेगी। जैसे ही पता चलेगा तुम्हें खबर की जायेगी।'

एक दिन नदी में उतराई नग्न लाश को खिंचवाकर दरोगा जी थाने में उठवा लाये और रामलोटन के परिवार को शिनाख्त के लिए बुलवाये।

सियादुलारी पड़ोस में रहने वाले और दूर के रिस्ते में चाचा श्वसुर लगने वाले पंडित जानकी प्रसाद को लेकर थाने गई। लाश कई दिनों की हो गई थी, पहचान करना कठिन था। लेकिन जानकी प्रसाद ने नाक के निशान के आधार पर सिद्धय कर दिया कि ये लाश रामलोटन की है। पुलिस ने भी तत्काल पंचनामा कराया और लाश सुपुर्द कर दी गई। रामलोटन की अंत्येष्टि विधि विधान से की गई। उनकी अंतिम यात्रा में नात-रिस्तेदार, गांव-पड़ोस के सभी लोग पहुँचे थे। तहसीलदार साहब भी सरकारी इमदाद के पच्चीस हज़ार नकद लेकर आये थे। वे बहुत दुखी लग रहे थे। वे लोगो से बता रहे थे कि ऐसा ड्राइवर मिलना मुश्किल है। रामलोटन कित्ता भी पी ले बहकता नहीं था। जबरदस्त गाड़ी खैंचता था। बिना रामलोटन के अब तहसील की गाड़ी कैसे चलेगी।

समय ने दायीं करवट ली, साहब लोगों की मेहरवानी से सरकार के नियम कानून मुताबिक रामलोटन के लड़के को कुत्ता नहलाने और बाजार से साग भाजी लाने की नौकरी में रख लिया गया।

दारू की गंध सूंघते-सूंघते असमय बुढ़ापे की तरफ कदम बढ़ाती हुयी रामलोटन की मेहरारू सियादुलारी दोबारा जवानी की दिशा में लौट आयी थी। रिस्ते में देवर के साथ उसका नाम जुड़ने लगा था। आधार कार्ड और वोटर आई-डी में नाम जुड़ने की तैयारी चल ही रही थी कि एक रात अचानक रामलोटन का भूत लँगोटी कसकर वापस आ गया और सब करे-धरे पर पानी फेर दिया।

दरअसल रामलोटन मरे नहीं थे। पूरा दारू जमीन में बह जाने की वजह से उनका दिमाक गोल-गोल घूम गया था। ये उनकी पुरानी बीमारी थी। बहुत इलाज कराया था। बड़े-बड़े डॉक्टरों की मोटी फ़ीस भरी थी लेकिन उन्हें रत्ती भर फायदा नही हुआ। भगवान भला करे उस अफीमची का जिसने रामलोटन को दारू पिलाकर कुछ ही दिनों में दिमाग का गोल-गोल घूमना बन्द कर दिया था। आज पूरी दारू जमीन में बह गई थी। दवा की डोज न मिलने के कारण दिमाग घूम गया था। उसके प्रभाव से वे भी घूमते-घूमते न मालुम कब चित्रकूट-कर्बी होते हुए प्रयागराज पहुँच गये।

प्रयागराज में साधुओं से उनकी दोस्ती हो गई। साधुओं ने उनका पैंट-शर्ट उतरवा कर लँगोटी पहना दी। ओढ़ने को तीन मीटर पीला कपड़ा

थमा दिया। सर और दाढ़ी के बाल बिना किसी प्रयास के बढ़ गये थे। हाथ में चिमटा और कमंडल पकड़ा दिया गया था। एक दिन चिलम की खींचतान के बीच बड़े साधू बाबा द्वारा उसका नाम रामलोटन मिश्र से बदलकर 'स्वामी लोटन दास' कर दिया गया। वे बेचारे स्वामी लोटनदास महाराज के नाम से ठीक से प्रसिद्ध भी नहीं हो पाये थे, कि गम्भीर हादसा हो गया।

प्रयागराज में माघ मेला अपने पूरे रंग-ओ-सबाब में था। हज़ारों साधु-असाधु रोज आते और गंगा मैया में डुबकी मार कर मन का पाप धो के चले जाते थे। उनके ठहरने के पंडाल भी शासन ने लगवा रखे थे। बड़ा जोरदार इंतज़ाम था। रहने और खाने-पीने की किसी तरह कोई कमी नहीं। जहाँ भी मन पड़े घूमो-भूख लगने पर पेट भर खाओ। नींद आने पर कहीं भी सो जाओ।

स्वामी लोटनदास महराज भी सांध्य समय चिमटा कमंडल उठाये मेला भ्रमण को निकले हुये थे। जगह-जगह पंडालों में कुछ न कुछ चल रहा था। कहीं रामायण की कथा चल रही थी, कहीं महाभारत के युद्ध का वर्णन हो रहा था, तो कहीं गीता का ज्ञान परोसा जा रहा है। एक जगह पर दो चार साधु बैठे हुए चिलम पी रहे थे। लोटन दास को निहारते पाकर उन्हें भी बैठा लिया। दो-चार लंबा दम मारने के बाद उनकी तबियत नाचने लगी। वे वहाँ से आगे बढ़ गये। एक बड़े पंडाल में कुछ नया प्रयोग हो रहा था। बाहर एक बड़ा सा बोर्ड लगाया गया था, जिसमें बड़े अक्षरों में लिखा था-'संत सुधार केंद्र'।

लोटन दास ने ज्योंहि बोर्ड पर लिखी इबारत पढ़ी, उनका दिमाग एक बार फिर से गोल-गोल घूम गया। वे वगैर आगा-पीछा सोचे दड़दड़ाते हुये प्रवचन करते हुये महंत जी के पास पहुँच गये और उनकी दाढ़ी खींचकर जोर से बोले-

'धूर्त ढोंगी! संत को सुधारने की बात करता है? वह तो वैसे ही सुधरा सुधराया है। अरे! सुधारना चाहता है तो मुल्क के भ्रष्ट नेता, अफसरों को सुधार, निर्दोष लोंगो को मारने वाले आतंकियों को सुधार, देश की परंपरा और संस्कृति को नष्ट करने वाले नग्न, सरे राह नाचने वाले फ़िल्म वालों को सुधार, सरकारी महकमे के घूंस खोर, कामचोर नौकरशाहों को सुधार।'

बड़े महंत जी तख्त से मुँह के बल नीचे गिर पड़े। सर फट गया, खून बहने लगा। फिर क्या था? सभी असाधु मिलकर स्वामी लोटनदास की चिमटे से मरम्मत कर दिये। वे बेचारे गेरुआ वस्त्र और अपना कमंडल चिमटा वहीं छोड़कर केवट लँगोटी पहने जान बचाकर भाग निकले। दो तीन दिनों में भूखे-प्यासे वे किसी कदर घर पहुँचे, गाँव के कुत्तो ने उनका स्वागत राग 'स्वान कल्याण' गाकर किया। कुछ पुराने कुत्ते जो अपने गाँव के पुराने ड्राइवर को पहचान लिए थे, वे पूँछ हिलाकर उनका स्वागत किये। रात में वे अपने घर भी गये थे, लेकिन घर का बन्द द्वार उनके वास्ते नहीं खुला। वे रात भर एक पेड़ के नीचे पड़े कराहते रहे। कम्बख्त साधुओं ने उन्हें बहुत मारा था।

भोर होने पर वे पूरा दम बटोर कर अपने घर पहुँचे। बाहर ही उनकी पत्नी मिल गई। वह उन्हें पहचान गई और भूत-भूत चिल्लाती हुई घर के भीतर घुस गई। पल भर में रामलोटन के भूत की गांव वापसी की खबर गांव वालों को लग गई। दिन होने के कारण भूत देखने को पूरा गांव उमड़ पड़ा। रामलोटन ने रो-रोकर आप-बीती लोगों को सुनाई। कुछ को कुछ यकीन हुआ, कुछ को बिलकुल नहीं हुआ। दबी जुबान से कुछ लोगो ने यहाँ तक कह दिया कि ये सब रामलोटन की प्रॉपर्टी हड़पने वाला कोई चालबाज है। अब वे बेचारे सबको कैसे यकीन दिलायें कि-'मैं ही तहसीलदार साहब का ड्राइवर, गाय को दारू पिलाने वाला सियादुलारी का पति राम लोटन मिश्र हूँ।'

मेरी समझ में अब वे, न तो रामलोटन हैं, न स्वामी लोटनदास हैं। वे सिर्फ और सिर्फ 'लोटन' हैं। अब मुश्किल ही नही नामुमकिन लगता है कि वे दोबारा से रामलोटन हो पायेंगे। अब उनके पास लँगोटी के सिवा कुछ नहीं बचा है। और लँगोटी के बूते इजलास में कैसे साबित कर पाएंगे कि मैं जिन्दा हूँ। मैं सियादुलारी का पति रामलोटन मिश्र हूँ। मेरी राय है कि अब वे जिंदगी की शेष यात्रा जमीन में लोट-लोट कर पूरा करें। भगवान उनकी रक्षा करें।

दम बना रहे

कल किसी ने मुझे फोन पर धमकी दे डाली-बोला कि 'दम' है तो बात करो। मेरी समझ में अभी तक ठीक से नहीं आया कि जनाब कौन से 'दम' की बात कर रहें हैं। मेरे गांव में तो बीड़ी का सुट्टा मारने वाले लोग भी जब देरी से घर पहुँचते हैं, तो वह भी पूछने पर यही कहते हैं-'दोस्तों के बीच बैठा दम लगा रहा था।'

आजकल शहरों में मजदूरी करने वाले मजदूर भी जब शाम को घर लौटते हैं, तो वे सभी दम लगाकर घर आते हैं। उनकी घरवालियों से अगर किसी में दम हो तो पूछ सकता है? वे सब एक स्वर में बोलेंगी-

'का करें भाई जी, कम कराउत-कराउत ठेकेदरबा दहिजार दम निकाल लेत है। इसलिये घर लौटन के खितिर उनहीं दम लगामन जरूरी होइ जात है।आप ही बतामें, घर तक सइकल के पेडल मार के कइसे आमैं। बिना दम लगाये इआ सइकिलिया घर के बजाय अस्पतलबा न पहुचाय देई।'

मेहनती लोगों की बात छोड़िए-बिना दम लगाए मेहनत का काम हो ही नहीं सकता है। कुछ गैर-मेहनती लोग भी हैं, जो बात-बात पर दम लगाते हैं। मेरे गांव के एक पुराने तालाब में बने शंकर जी के मंदिर में एक साधू बाबा आये थे, फिर पता नहीं भोले-बाबा से कैसे प्रेम हो गया कि वे दस साल तक मंदिर में रुक गए। वहीं दम लगाते-लगाते दम तोड़ गये। लेकिन उनकी दस सालों की मेहनत बेकार नही गयी। बहुत से उनके अनुयायी चेला लोग हैं।जबरदस्त दम मारते हैं। उनकी एक फूँक से पूरी चिलम चिंगारी फेंक देती है, अलबत्ता एक रिस्क भी है-खुदा न खास्ता चिलम हाथ से छूट जाये तो पेट से कुशल सर्जन ही निकाल पायेगा। गांव के हर वय के लोगों को साधू बाबा दम लगाना सिखा के गये हैं। कुछ ने तो ऐसा दम लगाया कि खेत-बन्धी तक बेच दिए लेकिन दम लगाना बंद नही किये। कुछ को दमा नामक रोग भी हो गया है-कहते हैं, यह रोग दम के साथ ही जाता है।

जो दम लगाया सो लगाया-फिर पीछे मुड़कर किसने देखा है। गांव में तो लोगो के बीच एक कहावत भी प्रचलित है-'दम बना रहय, घर चुअत रहय।' कालांतर में कुछ कवि टाइप के लोगों ने इस कहावत में रेल के पुराने ढांचे

में बिजली के इंजिन की तरह दम फिट कर नया रूप दे दिया। कहावत का स्वरूप बदल दिया, अब इसे ऐसे कहने लगे-'दम रहय चाह भाड़ मा जाए, नाच बंगलेन मा होई।'

आगे नीतिपरक बात भी दम के साथ जुड़ गई-'जिधर दम उधर हम।' यानी बेदम के साथ अब कोई नहीं रहेगा। बहुत वैरायटी है दम में, एक सूफियाना गाना तो आज तक उसी मान-सम्मान से पहले की तरह गाया जाता है-

'दमा दम मस्त कलंदर' यह भारतीय उपमहाद्वीप का अत्यंत लोकप्रिय सूफियाना गीत है, इसमें भी दम को तरज़ीह दी गयी है। गीत का मतलब मुझे ठीक से समझ नहीं आया है या यूँ कहिये मेरे भीतर इसे समझने का दम नहीं है।

फिलम वाले भी दम की महिमा अपने एक गीत में कुछ यूँ कह गये हैं-

'दम मारो दम'

मिट जाए गम,

बोलो सुबह-शाम,

हरेकृष्णा हरे राम।

कभी-कभी कुछ बातें बड़ी अटपटी लगती हैं, जब पुलिस वाले कहते-

'चोरों ने नाक में दम भर रखा है, कितनी हास्यास्पद बात है। चोरों को और कोई जगह नहीं मिली, दम रखने को, जो पुलिस के नथुनों में भर गये। कई लोगों को बहुत बार कहते सुना है कि "उसकी बातों में दम नही है।'

ये अज्ञानी किस्म के प्राणी है, अरे भई! बात जैसी निर्जीव चीजों में दम नहीं होता है, चाहे किसी की बात हो-तुम्हारी या हमारी। दम तो जीवित और क्रियाशील वस्तुओं में पाया जाता है। जैसे नाक में दम, कान में दम, पूँछ में दम, मूँछ में दम और भी कई जगह दम होने के सजीव प्रमाण हैं।

आज रात सोच रहा हूँ कि आधी रात को जब नब्बे प्रतिशत मायावी लोग बेदम होकर सो जाएंगे सिर्फ हम और वो अर्ध्द-बेहोशी में रहेंगे तब उसे दमदार जबाब दूँगा। मै किसी भले आदमी को धोखे मै नहीं रखना चाहता हूँ। ये मेरे संस्कारो में नहीं है, न खून में है। मैं उसे साफ-साफ बता दूँगा कि

भैया जी! मेरे पास बहुत थोड़ा सा दम है जिसके बल बूते कागज में गरज बरस लेता हूँ, बस। ऐसा समझ लो अपना काम किसी तरह से चला रहा हूँ। थोड़ा सा दम रिजर्व में जरूर है, जिसे बताना या दिखाना अभी ठीक नहीं होगा। यह उस दिन काम आ सकता है जिस दिन बैंक के एटीएम से

नोटों की तरह दुनिया की सन्दूक से दम भी गायब हो जायेगा। उस दिन इस रिजर्व दम के सहारे उस रेल में जाकर बैठ जाऊँगा जो 'दमदम' ले जाएगी।

आदरणीय भैया जी, आप दम वाले लोग हैं। मुझे माफ़ करने का आप में दम जरूर होगा। मै आपके पास दो शेर भेज रहा हूँ-पहला ग़ालिब चचा का है दूसरा नाचीज़ का है। हो सके तो दम लगाकर-ज्यादा क्या लिखूँ, आपकी समझदानी मुझसे बेहतर है।

वन

'हज़ारो ख़्वाहिशें ऐसी कि हर ख्वाहिश में दम निकले।

बहुत निकले मेरे अरमान, लेकिन फिर भी कम निकले।

टू

'ठोकर जिसे लगी है, सम्हलेगा या गिरेगा,

अपना ख़्याल रखना कहिं, दम निकल न जाये।'

www.ingramcontent.com/pod-product-compliance
Lightning Source LLC
LaVergne TN
LVHW041322200726
843509LV00009B/576